책세상 세계문학

인간 실격

人間失格

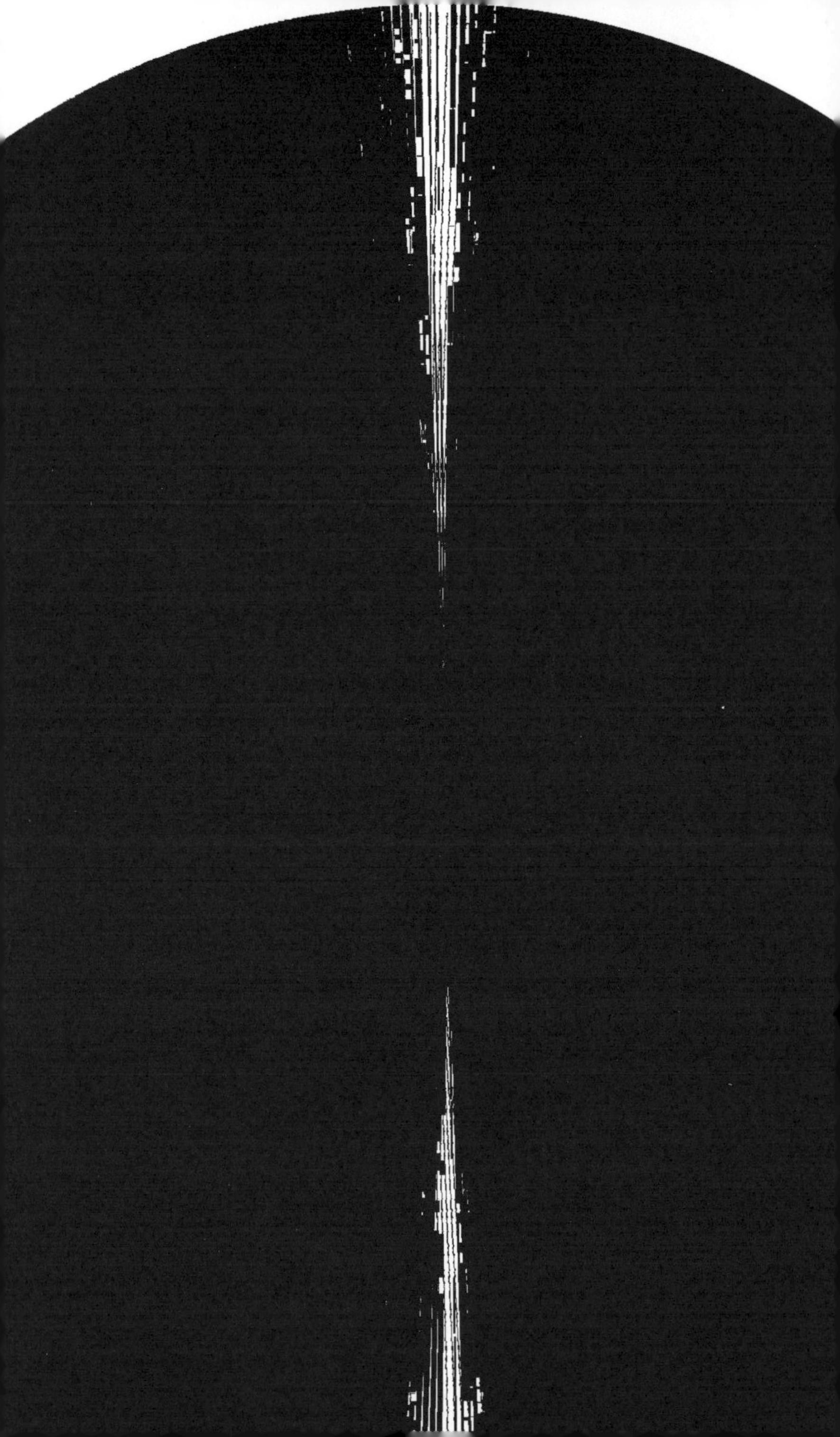

003

인간 실격
人間失格

다자이 오사무 지음

정회성 옮김

책세상

차례

인간 실격

• 각주는 모두 옮긴이 주다.

머리말

나는 그 남자의 사진 석 장을 본 적 있다.

한 장은 남자의 어린 시절이라고 해야 할까, 넓은 줄무늬 하카마[1]를 입은 열 살쯤 되어 보이는 아이가 여러 여자(아이의 누나와 여동생들, 사촌 누이들로 보인다)에게 둘러싸인 채 고개를 30도쯤 왼쪽으로 기울이고 정원 연못가에 서서 보기 흉하게 웃고 있는 사진이다. 보기 흉하게? 하지만 둔감한 사람들, 그러니까 아름다움이나 추함 따위에 관심 없는 사람들은 그저 무덤덤한 표정으로 이렇게 입에 발린 말을 할 수도 있으리라.

"귀여운 아이네요!"

이래도 그다지 빈말로는 들리지 않을 텐데, 이는 그만큼 아이의 웃는 얼굴에 흔히 말하는 '귀염성'이 전혀 없지는 않기 때문이다.

1 기모노 위에 치마처럼 덧입는 일본의 전통 의상.

반면에 조금이라도 아름다움과 추함을 따지는 데 익숙한 사람이라면 그 자리에서 불쾌한 목소리로 대뜸 이렇게 말할 것이다.

"아주 기분 나쁘게 생긴 아이야!"

그러고는 송충이라도 털어내듯 사진을 내던져버릴지도 모른다.

아이의 웃는 얼굴을 자세히 들여다보면 어딘지 모르게 께름칙하고 섬뜩한 느낌이 든다. 그것은 애당초 웃는 얼굴이 아니다. 아이는 전혀 웃고 있지 않다. 그 증거로 아이는 두 주먹을 꽉 쥐고 있다. 사람이 주먹을 쥐고 웃는 일은 불가능에 가깝다. 아이 얼굴은 원숭이 같다. 아니, 원숭이 얼굴 그 자체다. 보기 흉하게 얼굴 가득 수름이 져 있다. '주름투성이 도련님'이라는 말이 어울릴 정도다. 그만큼 아주 괴상하면서도 추하고 희한해서 볼 때마다 역겨운 기분이 드는 표정이다. 나는 지금까지 이렇게 이상한 표정을 짓고 있는 아이를 한 번도 본 적 없다.

두 번째 사진의 얼굴은 깜짝 놀랄 정도로 변해 있다. 교복 차림인데, 고등학생인지 대학생인지 확실하지 않다. 아무튼 잘생긴 얼굴이다. 그런데 이상하게도 살아 있는 사람 같지 않다. 사진 속의 남자는 교복 가슴 쪽 주머니에 하얀 손수건을 살짝 내보인 채 등나무 의자에 다리를 꼬고 앉아 웃고 있다. 이번에는 주름 가득한 원숭이 웃음이 아니다. 아주 묘한 웃음이다. 보통 사람의 웃음과는 사뭇 다르다. 피의 무게감이라고 할까 아니면 생명의 깊은 맛이라고 할까, 그런 충실한 느낌은 조금도 없이 한 마리 새, 아니 깃털이나 종이 한 장처럼 가볍게 웃고 있다. 말하자면 하나부터 열까지 꾸민 것 같은 느낌이 드는 웃음이다. 겉멋이 들었다고 하기에도 부족하고, 경박스럽다고 하기에도 무언가 부족하다. 기생오라비 같다고 하기에도, 멋쟁이라고 하기에도 어딘지 부족하다. 그런 데다 자세히 들여다보면 이 잘생긴 학생에게서는 왠지 모를 으스스한 기운마저 느껴진다. 나는 지금까지 이렇게 이상하면서도 잘생긴 청년을 한 번도 본 적 없다.

나머지 한 장의 사진이 가장 기괴하다. 나이부터 전혀 가늠이 안 된다. 머리는 온통 희끗희끗하다. 남자는 아주 지저분한 방(사진에는 벽이 세 군데쯤 허물어진 것이 뚜렷하게 찍혀 있다) 한쪽 구석에 피운 자그마한 화롯불에 손을 쬐고 있는데, 이번에는 웃지 않고 있다. 표정도 없다. 말하자면 앉아서 화롯불에 양손을 쬐다 그대로 죽은 듯, 음산하면서도 불길한 느낌이 드는 사진이다. 기괴한 점은 그뿐만이 아니다. 사진에는 얼굴이 비교적 크게 나와 있어서 생김새를 꼼꼼히 살필 수 있다. 이마며 주름살이며 눈이며 눈썹이며 모든 것이 평범하다. 코와 입과 턱도 평범하다. 표정만 없는 것이 아니라 인상도 없다. 한마디로 특징이 없는 것이다. 사진을 보다 눈을 감으면 금세 잊어버리게 되는 얼굴이다. 벽이며 작은 화로는 생각해낼 수 있지만 방 주인의 인상은 안개 속으로 사라진 듯 아무리 애써도 떠오르지 않는다. 그리려 해도 그릴 수 없는 얼굴이다. 만화든 뭐든 아무것도 안 되는 얼굴이다. 눈을 떠 봐도 '아, 이런 얼굴이었지! 이제 생각났다'라는 식의 기쁨조차 느낄 수 없다. 극단적으로 말하자면 눈을 뜨고 사진을 다시 들여다보아도 얼굴이 좀처럼 생각나지 않는다. 그저 불쾌하고 짜증스러운 나머지 눈을 다른 데로 돌리고 싶을 뿐이다.

이른바 '죽을상'이라는 것에도 이보다는 좀 더 나은 표정이라든지 인상이 있으리라. 사람 몸에 짐 싣는 말의 머리를 떼어다 붙인 모습을 보면 이런 느낌이 들지 않을까 싶다. 아무튼 딱히 무엇 때문이라고 말할 수는 없지만, 그 얼굴을 보면 섬뜩하면서도 불쾌한 기분이 든다. 나는 지금까지 이렇게 이상한 얼굴의 남자를 한 번도 본 적 없다.

첫 번째 수기

너무나 부끄러운 삶을 살았습니다.

나로서는 인간의 생활을 조금도 가늠할 수 없습니다. 도호쿠 지방의 시골에서 태어난 탓에 기차를 처음 본 것은 어느 정도 자란 뒤였습니다.

나는 정거장의 육교를 오르내리면서도 그것이 선로를 건너기 위해 만들어진 시설인 줄 몰랐습니다. 그저 정거장 구내를 외국의 놀이공원처럼 복잡하고 재미있어 보이도록 서양식 유행을 좇아 설치한 것이라고만 생각했습니다. 더욱이 그런 생각을 꽤 오랫동안 했습니다. 내게 육교를 오르내리는 것은 아주 세련된 놀이인데, 이는 철도청이 제공하는 서비스 가운데 가장 매력적인 것이라고 생각했습니다. 그러다 시간이 흘러 그것이 단지 승객들이 선로를 건널 수 있도록 만든 실용적인 계단일 뿐이라는 사실을 알자 그만 흥이 깨져버렸습니다.

어린 시절 그림책에서 지하철을 처음 보았을 때도 이 또한 실용적인 이유에서가 아니라 지하에서 차를 타는 편이 지상에서 차를 타는 것보다 색다르고 재미있는 놀이라서 고안된 거라고만 생각했습니다.

어렸을 때는 몸이 약한 탓에 걸핏하면 앓아누웠는데, 욧잇이나 베갯잇이나 이불 홑청 따위를 아무짝에도 쓸모없는 장식품으로 여겼습니다. 그것들이 의외로 실용적인 물건이라는 사실은 스무 살이 다 되어서야 알았고, 그때는 인간의 알뜰함에 암담해진 나머지 서글프기까지 했습니다.

나는 또 배고픔이라는 것을 알지 못했습니다. 내가 의식주에 궁하지 않은 집에서 자랐다는 식의 시시껄렁한 말을 하려는 게 아닙니다. '배고픔'이라는 감각이 어떤 것인지 전혀 알지 못했다는 뜻입니다. 이상하게 여길 수 있겠지만, 배가 고파도 스스로 그것을 깨닫지 못했습니다. 초등학교나 중학교 때 학교에서 돌아오면 집 안 사람들은 이렇게 말하며 수선을 떨었습니다.

"그래, 배고프지? 우리도 그랬단다. 학교에서 돌아오면 얼마나 배가 고팠는지 몰라. 콩과자 먹을래? 카스텔라도 있고 빵도 있어."

이런 말을 들으면 나는 타고난 아부 기질을 발휘해 "배고파요"라고 앓는 소리를 하며 콩과자를 열 알쯤 입안에 털어넣었지만, 배고픔이 어떤 느낌인지는 손톱만큼도 알지 못했습니다.

물론 나도 꽤 잘 먹는 편입니다. 하지만 배고픔을 느껴 음식을 먹은 기억은 별로 없습니다. 나는 주로 진귀하거나 호화로워 보이는 음식을 먹었습니다. 그리고 남의 집에 갔을 때 차려준 음식은 억지로라도 거의 먹었습니다. 어린 시절 가장 고통스러웠던 때는 우리

집에서 가족과 함께하는 식사 시간이었습니다.

고향 집에서는 열 명쯤 되는 가족이 저마다 받은 독상을 나란히 두 줄로 마주 보게 늘어놓고 밥을 먹었습니다. 나는 막내라서 맨 끝자리에 앉았습니다. 식사를 하는 방은 어두컴컴해서 점심 같은 때 열 명 안팎의 식구가 묵묵히 밥을 먹고 있는 모습을 보면 오싹 소름이 돋았습니다. 게다가 전형적인 시골집이라서 반찬도 대부분 정해져 있는 데다 귀하거나 고급스러운 것은 바랄 수도 없었기 때문에 식사 시간이 두렵기도 했습니다. 나는 어두컴컴한 방의 맨 끝자리에 앉아 추위에 덜덜 떠는 듯한 심정으로 밥을 조금씩 퍼서 입안으로 밀어넣었습니다. 그러면서 이렇게 생각했습니다. '인간은 어째서 하루에 세 번 꼬박꼬박 밥을 먹는 것일까. 하나같이 엄숙한 표정으로 밥을 먹고 있는데, 이 또한 일종의 의식이 아닐까.' 심지어 이런 생각을 한 적도 있습니다. '어쩌면 식구들이 하루에 세 번씩 시간을 정해 어두운 방에 모여서 밥상을 죽 늘어놓고는 굳이 먹고 싶지 않은데도 말없이 꾸역꾸역 밥을 씹으며 집 안을 떠도는 영혼들에게 기도하는 것인지도 몰라.'

'밥을 먹지 않으면 죽는다'는 말은 내 귀에 그저 뻔한 위협으로 들릴 뿐이었습니다. 그런 미신은(지금도 여전히 미신으로만 여깁니다) 늘 내 마음에 불안과 공포를 심어주었습니다. 인간은 밥을 먹지 않으면 죽으니까 일을 해서 밥을 먹어야 한다고 말하는데, 내게는 이것만큼 어렵고 모호하며 협박으로 들리는 말도 없습니다. 이 말은 인간으로서 해야 하는 일이 무엇인지 전혀 모른다는 뜻일 것입니다.

내가 생각하는 행복과 세상 사람들이 생각하는 행복이 생판 다를 것 같은 데서 느끼는 불안감, 나는 이런 불안감으로 밤마다 몸을 뒤척이며 신음하다 미칠 뻔한 적도 있습니다. 나는 정말로 행복할까? 어릴 때부터 주변 사람들한테서 행복한 녀석이라는 말을 자주 들었지만, 스스로는 늘 지옥에 사는 것 같았습니다. 오히려 내게 행복한 녀석이라고 말한 사람들이 나와 비교할 수 없을 정도로 편안하고 즐거워 보였습니다.

내게는 재앙 덩어리가 열 개 있는데, 그 가운데 한 개라도 주위 사람이 나 대신 짊어진다면 그것만으로도 충분히 그 사람에게 치명타가 되지 않을까 생각한 적도 있습니다.

요컨대 몰랐던 것투성이라는 이야기입니다. 주위 사람이 느끼는 고통의 성질이나 정도를 전혀 가늠할 줄 몰랐던 것입니다. 살면서 느끼는 실질적인 고통, 이를테면 밥을 먹는 것만으로 해결할 수 있는 고통도 있습니다. 하지만 그것이야말로 가장 심한 고통이자 내가 가진 열 개의 재앙 덩어리를 한꺼번에 제쳐버릴 정도로 끔찍한 아비규환의 지옥일지 모릅니다.

솔직히 잘 모르겠습니다. 그런 상태에 놓여 있는데도 자살도 하지 않고 미치지도 않고 절망하지도 않고 굴복하지도 않습니다. 그러기는커녕 정치를 논하며 살기 위한 투쟁을 계속 이어나가고 있습니다. 그렇다면 고통스럽지 않은 게 아닐까요? 철저한 이기주의자가 된 것도 모자라 이를 지극히 당연하다고 확신하면서 단 한 번도 자신을 의심한 적 없는 게 아닐까요? 그렇다고 한다면 마음은 편하겠지요. 인간이란 원래 그런 존재고, 그로써 만족하는 것은 아닐까요? 잘 모르겠습니다. 밤에는 잠을 푹 자고 아침에는 기분이 상쾌할까요? 어떤 꿈을 꿀까요? 길을 걸으며 무슨 생각을 할까요? 돈인가요? 설마 그것만은 아니겠지요. 인간은 먹기 위해 산다는 말은 들은 듯한데, 돈을 위해 산다는 말은 들은 적 없습니다. 아니, 어쩌면 들었을지도 모르지요. 정말 모르겠습니다. 생각을 거듭할수록 알 수가 없어 나 혼자만 아주 이상한 사람이 된 것 같은 불안과 공포에 사로잡혀 있었습니다. 주위 사람과 대화를 거의 하지 못했습니다. 무엇을 어떻게 말해야 좋을지 몰랐던 것입니다.

그래서 생각해낸 것이 어릿광대짓이었습니다.

어릿광대짓은 인간에 대한 나의 마지막 구애 행위였습니다. 인간을 극도로 두려워하면서도 쉽게 단념하지는 못했던 것 같습니다. 나는 어릿광대짓이라는 한 가닥 실로 간신히 인간과 연결될 수 있었습니다. 말하자면 그것은 겉으로는 끊임없이 미소 지으면서도 속으로는 천 번에 한 번 성공할까 말까 할 정도의 위기의식에 진땀을 흘리며 필사적으로 매달리는 타인에 대한 서비스였습니다.

나는 어렸을 때부터 가족에 대해서까지 그들이 얼마나 괴로워하고 어떤 생각을 하며 사는지 전혀 알지 못했습니다. 그저 가족이 두렵고 어색하게만 느껴져 일찌감치 어릿광대짓을 했습니다. 말하자면 언제부터인가 속마음을 그대로 드러내지 않는 아이가 된 것입니다.

그 무렵 가족과 함께 찍은 사진을 보면, 모두 진지한 표정을 짓고 있는데도 나 혼자만 얼굴을 기묘하게 찡그리며 웃고 있습니다. 이 또한 어린 내가 하던 유치하면서도 슬픈 어릿광대짓 가운데 하나였습니다.

나는 가족에게 무슨 말을 들어도 말대꾸를 한 적이 없습니다. 사소한 꾸지람도 천둥처럼 강하게 들려서 미칠 것만 같았습니다. 그래서 말대꾸는커녕 '그 꾸지람이야말로 대대손손 이어져 내려온 세상의 진리임에 틀림없다. 내게는 그 진리를 행동으로 옮길 능력이 없으므로 이제는 인간들과 함께 살 수 없는 건 아닐까?'라고 생각하곤 했습니다. 나는 말싸움도 변명도 할 줄 몰랐습니다. 누군가가 나를 나쁘게 말하면 내가 크게 착각하고 있는 듯한 기분이 들어 잠자코 그 공격을 받아들이면서도 속으로는 미칠 것 같은 두려움에 사로잡혔습니다.

물론 누구든 타인에게 비난받거나 야단맞고 기분 좋을 리 없겠지요. 하지만 나는 화를 내는 인간의 얼굴에서 사자나 악어나 용보다도 훨씬 무서운 동물의 본성을 봅니다. 평소에는 다들 그런 본성을 감추고 있는 듯합니다. 그러다 드넓은 풀밭에서 느긋하게 누워 있던 소가 별안간 꼬리로 배에 붙은 쇠파리를 찰싹 때려죽이는 것처럼 어느 순간 인간의 무시무시한 정체가 분노라는 형태로 드러나는 것을 보는데, 그럴 때마다 머리털이 곤두서는 듯한 전율을 느끼면서 이 같은 본성 또한 인간으로 살아가는 데 필요한 조건 중 하나일지도 모른다는 생각이 들어 스스로에게 절망하곤 했습니다.

인간이 두려워 늘 벌벌 떠는 인간으로 태어난 나 자신의 말과 행동에는 눈곱만큼의 자신감도 갖지 못한 채 혼자만의 고뇌를 가슴 속 작은 상자에 고이 간직했습니다. 그리고 여기서 비롯된 우울과 신경질까지 숨기고는 천진한 낙천가인 척하며 점점 익살스러운 괴짜로 완성되어갔습니다.

어떻게 하든 상관없다. 인간들을 웃길 줄만 알면 된다. 그러면 내가 그들이 말하는 생활 밖에 있어도 그다지 신경 쓰지 않을 것이다. 어쨌든 인간들 눈에 거슬려서는 안 된다. 나는 아무것도 아닌 존재다. 바람이다. 허공이다. 나는 이런 생각에 빠져들어 어릿광대짓으로 가족을 웃기려고 했습니다. 게다가 가족보다 더 이해할 수 없고 무섭기도 한 남녀 하인들에게까지 필사적으로 어릿광대 서비스를 선보였습니다.

여름이면 유카타[2] 속에 빨간 털스웨터를 입고 복도를 돌아다녀서 식구들을 웃겼습니다. 좀처럼 웃지 않는 큰형도 그런 내 모습을 보고 웃음을 터뜨리며 귀여워 죽겠다는 듯 이렇게 말했습니다.

"어이, 요조. 너 너무 생뚱맞다."

물론 나는 한여름에 털스웨터를 입고 돌아다닐 정도로 추위와 더위를 가리지 못하는 바보가 아닙니다. 누나가 입는 레깅스를 양팔에 끼고 유카타 소매 아래로 살짝 드러내 마치 털스웨터를 입은 듯 꾸몄던 것입니다.

아버지는 도쿄에 볼일이 많아 우에노 사쿠라기초에 집 한 채를 마련해놓고 한 달 대부분을 그곳에서 보내곤 했습니다. 그리고 집에 돌아올 때는 식구들은 물론이고 친척들에게까지 줄 어마어마한 양의 선물을 사왔는데, 그것이 아버지의 취미이기도 했던 모양입니다.

언젠가 도쿄로 가기 전날 밤, 아버지는 우리 형제들을 거실에 모아놓고 이번에 돌아올 때 무엇을 사오면 좋겠냐고 한 사람 한 사람에게 웃으며 묻고는 각자의 대답을 일일이 수첩에 적었습니다. 아버지가 이렇게 우리를 다정하게 대하는 것은 아주 드문 일이었습니다.

2 목욕한 뒤나 여름에 입는 일본 전통 홑옷.

"요조는 뭘 갖고 싶냐?"

아버지 물음에 나는 뭐라고 대답할지 몰라 우물거렸습니다.

무엇을 갖고 싶냐는 말을 들은 순간 아무것도 갖고 싶지 않아졌습니다. 어차피 그 무엇도 나를 만족시키지 못하리라는 생각이 문득 들었던 것입니다. 게다가 나는 남이 주는 물건은 아무리 마음에 들지 않아도 거절할 줄 몰랐습니다. 싫은 것을 싫다고 말하지도 못했고, 좋아하는 것을 좋아한다고 말하지도 못한 채 남의 물건을 훔치듯 씁쓸한 기분이 들면서 밑도 끝도 없는 공포에 몸부림쳤습니다. 이를테면 내게는 양자택일의 능력마저 없었던 것입니다. 결국 이런 점이 '부끄럼 많은 인생'의 결정적인 원인으로 작용한 성격의 한 부분이었던 것 같습니다.

내가 아무 말도 못하고 머뭇거리기만 하자 아버지는 조금 언짢은 표정을 지었습니다.

"역시 책이 좋은 거냐? 아사쿠사 절 앞 상점가를 가보니 정월 사자춤 출 때 쓰는 사자탈이 있더구나. 아이들이 쓰고 놀기 딱 좋은 크기던데, 그걸 갖고 싶으냐?"

갖고 싶으냐고 물으면 더 대답할 수 없게 됩니다. 웃음을 자아내는 대답이고 뭐고 아무것도 할 수가 없습니다. 어릿광대로서 낙제일 수밖에 없는 것입니다.

"책이 좋겠네요."

나 대신 큰형이 진지한 표정으로 대답했습니다.

"그런가?"

아버지는 한 글자도 적지 않고 시큰둥한 얼굴로 수첩을 덮었습니다.

순간 실수했다는 생각이 들었습니다. 아버지를 화나게 한 것입니다. 아버지는 분명 무섭게 복수할 텐데, 더 늦기 전에 이 실수를 만회할 방법이 없을까 싶어 그날 밤 나는 이불 속에서 덜덜 떨며 고민하다 살그머니 일어나 응접실에 갔습니다. 그러고는 아버지의 책상 서랍을 열고 수첩을 꺼내 훽훽 넘겼습니다. 그러다 선물 목록이 적힌 쪽을 찾아내고는 수첩에 달린 연필에 침을 묻혀 '사자탈'이라고 쓴 뒤 잠자리로 돌아왔습니다.

나는 사자춤을 출 때나 쓰는 사자탈을 갖고 싶은 마음이 손톱만큼도 없었습니다. 차라리 책이 좋았습니다. 하지만 아버지가 사자탈을 사주고 싶어 한다는 사실을 알고는 그 뜻에 맞추어 아버지의 기분을 풀어주어야겠다는 생각이 들어서 늦은 밤 응접실에 몰래 숨어 들어가는 모험을 감행했던 것입니다.

그런 비상수단은 예상대로 큰 성공을 거두었습니다. 얼마 뒤 도쿄에서 돌아온 아버지가 어머니에게 큰 소리로 하는 말을 방에서 들었습니다.

"상점가 장난감 가게에서 수첩을 꺼내보았더니 '사자탈'이라고 쓰여 있었소. 내 글씨가 아닌데 누가 썼나 생각해보니 요조가 장난친 거였더군요. 그 녀석 내가 물어볼 때는 히죽 웃기만 하고 아무 말도 하지 않더니만, 어떻게든 사자탈이 갖고 싶어 견딜 수 없었던 모양이오. 아무튼 별난 녀석이오. 시치미 떼더니만 이렇게 써놓았잖소. 그렇게 갖고 싶으면 그렇다고 말할 것이지…. 장난감 가게 앞에서 웃음이 났소. 어서 요조 녀석을 불러오시오."

또 언젠가는 남녀 하인들을 서양식 방에 모아놓고 하인 한 명에게 피아노 건반을 마구 두드리게 하고는(시골이었지만 고향 집에는 웬만한 것은 다 있었습니다) 그 엉터리 반주에 맞추어 인디언 춤을 추어서 모두를 웃음바다에 빠뜨리기도 했습니다. 그때 작은형이 플래시를 터뜨리며 인디언 춤을 추는 나를 촬영했는데, 나중에 사진을 보았더니 내 허리에 두른 천(그것은 알록달록한 무늬가 새겨진 보자기였습니다) 아래 조그마한 고추가 찍혀 있었습니다. 나는 이 사진 한 장 때문에 온 식구의 웃음거리가 되었지만, 이 또한 뜻밖의 성공이라고 할 만한 일이었습니다.

나는 매달 소년 잡지를 열 권 넘게 구독하는 데다 이런저런 책을 도쿄에서 주문해 읽고 있었습니다. 그래서 소년 잡지에 나오는 메차라쿠차라 박사나 난쟈몬쟈 박사 같은 우스꽝스러운 인물에 대해 알았고, 괴담과 야담을 비롯해 만담과 에도 고바나시[3] 등을 두루 꿰고 있었습니다. 그 덕분에 진지한 표정으로 익살스러운 이야기를 하며 식구들을 웃기는 데 부족함이 없었습니다.

아, 하지만 학교!

나는 학교에서 하마터면 존경받을 뻔했습니다. 존경받는다는 것 때문에도 두려웠습니다. 거의 완벽에 가깝게 사람들을 속이다 어떤 전지전능한 자에게 들켜서 신뢰가 산산조각 나고 죽기보다 더한 창피를 당하는 것이 '존경받는다'는 말에 대해 내가 내린 정의였습니다. 사람들을 속여 '존경을 받는다'고 해도 누군가가 속인 사실을 알면 머지않아 다른 사람도 알게 됩니다. 그래서 점점 많은 사람이 속았다는 사실을 알게 되는데, 그때 느끼는 분노와 복수심은 과연 어느 정도일까요. 생각만 해도 온몸의 털이 쭈뼛 곤두서는

3 1764~1781년 무렵, 에도('도쿄'의 옛 이름)에서 유행한 짧고 코믹한 이야기.

것 같습니다.

나는 부잣집에서 태어났다는 사실보다 '공부를 잘한다'는 이유로 전교생에게 존경을 받았습니다. 어릴 때부터 몸이 약해 걸핏하면 한 달, 두 달 또는 한 학년 가까이 학교를 쉬곤 했지만, 그래도 병석에서 방금 일어난 몸으로 인력거를 타고 학교에 가서 기말시험을 치르면 학급의 누구보다 성적이 좋은 '공부 잘하는 아이'였습니다. 몸 상태가 좋은 때도 공부는 전혀 하지 않았고, 학교에 가서도 수업 시간에 만화 같은 것을 그려 쉬는 시간에 그것을 같은 반 아이들에게 설명하며 웃기곤 했습니다. 그리고 작문 시간에는 우스운 이야기만 써서 선생님에게 주의를 받았는데, 그래도 그만두지 않았습니다. 선생님도 내가 쓴 우스운 이야기를 은근히 기대한다는 사실을 알고 있었기 때문입니다.

어느 날 나는 여느 때처럼 어머니를 따라 도쿄로 가는 기차를 탔다가 객차 통로에 놓인 가래침 뱉는 항아리에 오줌을 싼 실수담을 (가래침 뱉는 항아리인 줄 모르고 그랬던 것이 아닙니다. 아이답게 천진난만한 척 일부러 그랬던 것입니다) 슬픈 필치로 써서 제출했습니다. 그러고는 선생님이 웃을 거라고 확신했기 때문에 교무실로 올라가는 선생님을 슬그머니 뒤따라갔습니다. 선생님은 교실을 나서자마자 학생들이 낸 작문 숙제에서 내 것을 골라내어 읽으며 킥킥 웃었습니다. 게다가 교무실에 들어가서는 다 읽었는지 얼굴이 시뻘게져서 큰 소리로 웃더니 다른 선생님들에게 읽어보라고 권했습니다. 그 모습을 몰래 지켜보자니 그렇게 흐뭇할 수가 없었습니다.

장난꾸러기.

그렇습니다. 나는 사람들이 나를 장난꾸러기로 보도록 하는 데 성공했습니다. 존경받는 것에서 벗어나는 데 성공한 것입니다. 성적표에는 모든 과목이 10점 만점에 10점이었지만, 품행은 7점이거나 6점이어서 이것 또한 식구들의 웃음거리였습니다.

하지만 내 본성은 그 같은 장난꾸러기와는 정반대였습니다. 그 무렵 나는 남녀 하인들에게서 서글픈 짓을 배웠고, 욕을 당했습니다. 어린아이를 상대로 그런 짓을 하는 것은 인간이 저지를 수 있는 범죄 가운데서도 가장 추악하고 저속하며 잔인하다고 생각합니다. 하지만 나는 꾹 참았습니다. 그 사건으로 인간의 특질을 하나 더 알게 되었다는 생각에 힘없이 웃고 말았습니다. 내게 진실을 말하는 습관이 있었다면, 그들의 범죄 행위를 아버지나 어머니에게 낱낱이 일러바쳤을지도 모릅니다.

그러나 나로서는 아버지나 어머니조차 제대로 이해할 수 없었습니다. 인간에게 호소하는 식의 수단에는 조금도 기대를 걸 수 없었습니다. 아버지나 어머니에게 호소해도, 경찰이나 정부에 호소해도 결국은 처세술이 뛰어난 사람의 능수능란한 말솜씨에 넘어가고 말 것입니다.

편파적일 것이 뻔하므로 인간에게 호소해봐야 소용없다고 생각했습니다. 단 한마디라도 진실을 말하지 말고 속으로 꾹 참으며 어릿광대짓을 계속하는 수밖에 방법이 없을 것 같았습니다.

'뭐야, 인간을 믿을 수 없다는 거야? 아니, 네가 언제부터 크리스천이 된 거지?'라고 말하며 비웃는 사람이 있을지도 모르겠습니다. 하지만 인간을 불신한다고 해서 반드시 종교의 길로 들어서는 것은 아니라고 생각합니다. 실제로는 그런 식으로 비웃는 사람들을 비롯해 인간은 서로에 대한 불신 속에서 여호와든 뭐든 염두에

두지 않고 아무렇지 않은 듯 태연하게 살고 있으니까요.

이 또한 어렸을 때 이야기입니다. 하루는 아버지가 속해 있는 정당의 유명한 사람이 우리 마을에 연설하러 온다고 해서 하인들을 따라 극장에 갔습니다. 빈자리 하나 없는 만원이었는데, 아버지와 친하게 지내는 마을 사람들이 모두 와서 열렬히 손뼉을 치고 있었습니다.

이윽고 연설이 끝나자 사람들은 삼삼오오 무리를 지어 눈 쌓인 밤길을 더듬어 집으로 향했습니다. 그러면서 연설회가 형편없었다며 험담을 늘어놓았습니다. 그 가운데는 아버지와 절친한 사람의 목소리도 섞여 있었습니다. 아버지의 '동지들'마저 아버지의 개회사도 엉망이었고, 유명 인사의 연설도 뭐가 뭔지 도무지 알아들을 수 없었다며 화난 어조로 투덜거렸습니다. 그런데 우리 집에 와서 응접실에 앉더니 다들 그때부터 태도가 싹 바뀌었습니다. 그들은 아버지에게 오늘 밤의 연설회는 놀랄 정도로 성공적이었다며 진심으로 기뻐하는 듯한 표정으로 말했습니다.

연설회가 어떠했냐는 어머니 질문에 하인들도 천연덕스럽게 재미있었다고 대답했습니다. 하지만 하인들 또한 집으로 돌아오는 길에 연설회만큼 지루한 것은 세상에 또 없을 거라며 볼멘소리를 계속 늘어놓았습니다.

그런데 이런 것은 그저 사소한 예일 뿐입니다. 서로 속이면서 신기하게도 아무도 상처받지 않고 서로 속인다는 사실조차 모르는, 그야말로 맑고 밝고 명랑한 불신의 사례들이 인간 생활에 차고 넘치는 것 같습니다.

하지만 나는 서로 속이는 일에는 딱히 흥미가 없습니다. 나 또한 어릿광대짓으로 아침부터 밤까지 사람들을 속이는데 도대체 무슨 흥미가 있겠습니까. 나는 윤리 교과서에 나오는 정의니 도덕이니 하는 것 따위에도 별로 관심이 없습니다. 서로 속이면서도 맑고 밝고 명랑하게 살고 있는, 혹은 그렇게 살아갈 자신이 있는 듯 보이는 인간들이 이해할 수 없을 뿐입니다.

인간들은 끝내 그 미묘한 진리를 내게 가르쳐주지 않았습니다. 그것만 제대로 알았더라면 이렇게 인간을 두려워하지 않았을 테고, 그처럼 필사적으로 서비스를 하지 않아도 되었을 테지요. 또한 밤마다 인간 생활과 대립하느라 지옥 같은 고통을 겪지 않아도 되었을 것입니다.

결과적으로 남녀 하인들이 저지른 가증스러운 범죄조차 그 누구에게 호소하지 않았던 것은 인간에 대한 불신 때문도, 기독교 사상 때문도 아니었습니다. 그것은 사람들이 요조라는 이름의 나에게 믿음의 문을 굳게 닫은 데다 다른 누구도 아닌 부모님까지 내가 이해하기 어려운 모습을 이따금 보이곤 했기 때문입니다.

어느 누구에게도 호소하지 못하는 내 고독한 성품이 내뿜는 냄새를 많은 여자들이 본능적으로 맡았는데, 이것이 훗날 내가 여러 일에 말려드는 원인 가운데 하나가 된 듯합니다. 말하자면 나는 여자들 눈에 사랑의 비밀을 지킬 수 있는 남자로 보였던 모양입니다.

두 번째 수기

파도가 밀어닥칠 만큼 바다와 가까운 해안가에 아주 커다란 검붉은 산벚나무가 스무 그루 넘게 늘어서 있었습니다. 새 학년이 시작될 무렵이면 산벚나무는 푸른 바다를 배경으로 끈적끈적해 보이는 갈색의 어린잎과 함께 휘황찬란한 꽃을 피웠습니다. 그러다 눈보라처럼 꽃잎을 하얗게 흩날렸는데, 그러면 바다로 떨어진 꽃잎은 해면을 수놓으며 이리저리 떠돈 끝에 파도를 타고 다시 바닷가로 밀려왔습니다.

어느 날 나는 그 벚꽃 천지인 모래사장을 교정으로 쓰는 도호쿠의 한 중학교에 입학했습니다. 중학교 입학 수험 공부도 제대로 하지 않았는데도 말입니다. 학생 모자에 단 중학교 배지에도, 교복 단추에도 도안한 벚꽃이 활짝 피어 있었습니다.

그 중학교 가까이에 먼 친척이 사는 집이 있었습니다. 그런 이유도 있어서 아버지는 바다와 벚꽃이 보이는 중학교를 골라주었던 것입니다. 나는 그 친척 집에서 학교를 다녔습니다. 학교가 코앞이라 아침에 울리는 종소리를 듣고야 부랴부랴 등교하는 게으른 중학생이었지만, 전부터 해오던 어릿광대짓 덕분에 나날이 반 친구들에게 인기를 얻었습니다.

태어나서 처음으로 타향 생활을 하는 것이지만, 고향에서보다 훨씬 마음이 편했습니다. 그 무렵에는 어릿광대짓도 점점 완벽하게 몸에 익어 사람을 속이는 데 예전만큼 힘들지 않기 때문이라고 생각할 수도 있겠지요. 하지만 가족과 타인, 고향과 타향에서의 연기는 차이가 있지 않을까 싶습니다.

연기의 천재라 해도, 심지어 하느님의 아들인 예수라 해도 마찬가지일 거라고 생각합니다. 배우가 연기하기 가장 어려운 장소는 고향의 극장이라고 합니다. 그렇다면 일가친척이 모두 모인 방에서는 아무리 명배우라도 연기할 엄두를 못 내지 않을까요. 어쨌거나 나는 연기를 해왔습니다. 그리고 그런대로 성공했습니다. 그 정도로 보통내기가 아니기 때문에 타향에 있어도 연기를 못하는 일은 없을 거라고 생각했습니다.

내가 느끼는 인간에 대한 공포는 예전보다 더하면 더했지 결코 덜하지 않은 정도로 가슴 저 깊은 곳에서 꿈틀거리고 있었습니다. 하지만 연기력은 그야말로 물이 오를 대로 올라 반 아이들을 웃겼습니다. 선생님도 "이 반은 오바 요조만 없으면 모범적인데"라고 한탄하면서도 손으로 입을 가리고 웃었습니다. 나는 천둥처럼 거칠고 사납게 소리 지르는 배속 장교[4]도 간단히 웃길 수 있었습니다.

4 소속 부대를 떠나 훈련 교관으로 학교에 배치된 장교.

그런데 이쯤이면 내 정체를 완벽하게 은폐할 수 있을 것 같아 안심하려던 참에 뜻밖에도 등에 칼을 맞았습니다. 등을 노리는 자들이 으레 그렇듯 그는 반에서 가장 빈약한 체격에 얼굴이 푸르뎅뎅하게 부은 데다 아버지나 형에게서 물려받은 듯 쇼토쿠 태자[5]의 옷처럼 소매가 볼품없이 긴 윗도리를 입었으며, 공부는 전혀 못하고 교련이나 체육 시간에는 늘 멀뚱히 쳐다보기만 하는 백치와도 같은 녀석이었습니다. 그렇기 때문에 특별히 경계할 필요성을 느끼지 못했던 것입니다.

그날 체육 시간에 그 녀석(성은 생각나지 않는데 이름은 다케이치였던 듯합니다)은 여느 때처럼 구경만 했고, 우리는 철봉 연습을 하고 있었습니다. 나는 짐짓 엄숙한 표정을 짓고 철봉을 향해 "얏!" 하고 소리치며 뛰어올라서는 멀리뛰기를 하듯 앞으로 날아갔다가 모래밭에 엉덩방아를 찧었습니다. 그것은 미리 계획한 실수였습니다. 예상했던 대로 모두 웃음을 터뜨렸고, 나도 쓴웃음을 지으며 일어나 바지에 묻은 모래를 털어냈습니다. 그런데 그때 언제 다가왔는지 다케이치가 내 등을 쿡 찌르며 나지막이 속삭였습니다.

"일부러 그런 거지?"

온몸이 바들바들 떨렸습니다. 일부러 실수한 사실을 다른 사람도 아닌 다케이치에게 들킬 줄은 꿈에도 생각하지 못했습니다. 나는 세상이 한순간에 지옥의 불길에 휩싸여 타오르는 장면을 눈앞에서 보는 듯 금방이라도 비명이 터져나오고 미쳐버릴 듯한 기분을 필사적으로 억눌렀습니다.

5 일본 아스카 시대의 황족이자 정치가, 사상가. 일본에 불교를 보급하고 중앙집권체제를 확립한 인물.

그 뒤로도 불안과 공포의 나날이 이어졌습니다.

겉으로는 변함없이 애처로운 어릿광대를 연기하면서 사람들을 웃겼지만, 이따금 나도 모르는 사이 무거운 한숨을 짓곤 했습니다. 무슨 짓을 하든 다케이치에게 낱낱이 들키고 머지않아 녀석이 아무에게나 말하고 다닐 게 틀림없다고 생각하니 이마에 식은땀이 솟아났습니다. 그리고 나는 미친 사람처럼 괴상한 눈빛으로 쓸데없이 주변을 두리번거리곤 했습니다. 할 수만 있다면 아침이든 점심이든 저녁이든 가리지 않고 하루 종일 다케이치 곁을 떠나지 않은 채 녀석이 비밀을 입 밖에 내뱉지 않도록 감시하고 싶은 마음 간절했습니다. 둘이 붙어 다니며 내 어릿광대짓이 '일부러' 한 것이 아니라 진짜였다고 믿도록 온갖 노력을 기울이고, 될 수 있으면 녀석과 둘도 없는 친구가 되고도 싶었습니다. 그 모든 일이 안 되면 녀석이 죽기를 바랄 수밖에 없다는 생각까지 했습니다.

그렇다고 녀석을 죽이고 싶은 것은 아니었습니다. 나는 그때까지 살아오면서 남이 나를 죽였으면 하고 바란 적은 여러 번 있었지만, 남을 죽이고 싶다고 생각한 적은 한 번도 없었습니다. 살인은 두려워하는 상대에게 행복을 안겨주는 일일 뿐이라고 여겼기 때문입니다.

나는 다케이치를 내 편으로 끌어들이기 위해 먼저 가짜 크리스천처럼 '상냥한' 미소를 짓고 목을 30도쯤 왼쪽으로 기울인 채 녀석의 작은 어깨를 살며시 감싸 안으며 달콤하면서도 간드러진 목소리로 내가 묵고 있는 집에 놀러 오라고 여러 번 꼬드겼습니다. 그때마다 녀석은 초점 없는 흐릿한 눈을 씀벅거릴 뿐, 아무런 대꾸도 하지 않았습니다.

그러던 어느 날 방과 후였습니다. 초여름 무렵이었는데, 소나기가 시야를 뿌옇게 가릴 정도로 세차게 쏟아져 학생들 대부분이 집에 어떻게 가야 할지 몰라 난처한 표정을 짓고 있었습니다. 나는 집이 바로 코앞이라 밖으로 뛰쳐나가려다 잠시 멈추었습니다. 신발장 뒤에 맥없이 서 있는 다케이치가 눈에 띄었기 때문입니다.

"우산 빌려줄 테니까 나와 함께 가자."

나는 그렇게 말하고 머뭇거리는 다케이치의 손을 잡아끌고는 소나기 속을 달렸습니다. 그리고 집에 도착해서는 아주머니에게 우리 둘의 겉옷을 말려달라고 부탁한 뒤 다케이치를 2층의 내 방으로 끌어들였습니다.

그 집에는 쉰을 넘긴 아주머니와 큰 키에 안경을 쓰고 병약해 보이는 서른 살 정도의 큰딸과 얼마 전 여학교를 졸업한 듯하고 언니와 다르게 얼굴이 동그란 작은딸 세쓰, 이렇게 세 식구가 살았습니다. 큰딸은 한 번 결혼했다 집으로 돌아온 사람인데, 나는 이 집 식구들이 부르는 대로 그녀를 '아네사'라고 불렀습니다. 그 집 아래층 가게에는 문방구며 운동용품 등이 몇 가지 진열되어 있었지만, 주된 수입은 죽은 남편이 남긴 대여섯 채의 자그마한 셋집에서 나오는 집세 같았습니다.

"귀가 아파."

다케이치가 선 채로 그렇게 말했습니다.

"비를 맞았더니 아파졌어."

나는 녀석의 귀를 들여다보았습니다. 양쪽 귀가 심하게 곪아 있었습니다. 금방이라도 고름이 귓바퀴 밖으로 흘러나올 것 같았습니다.

"이거 어쩌지? 무척 아프겠다!"

나는 놀란 척 호들갑스럽게 말했습니다. 그러고는 여자 같은 상냥한 말투로 이렇게 사과했습니다.

"빗속을 달리게 해서 미안해."

나는 곧바로 아래층에 내려가서 솜과 알코올을 얻어 왔습니다. 그리고 내 무릎에 다케이치의 머리를 올리고는 정성스레 귀를 닦아주었습니다. 다케이치는 내 행동이 위선에 찬 못된 계략인 줄 눈치채지 못한 모양이었습니다.

"많은 여자들이 니한테 홀릴 거야."

다케이치는 내 무릎을 베고 누운 채 입에 발린 말을 늘어놓았습니다.

그런데 그 말이 다케이치도 의식하지 못한 무시무시한 악마의 예언이었음을 웬만큼 나이가 들어서야 깨달았습니다. 내가 여자들에게 홀리든 여자들이 내게 홀리든 그런 말은 상스러운 데다 우쭐한 기분에 내뱉는 듯 경박한 느낌을 주는 것이라고 생각합니다. 제아무리 '엄숙'한 자리라 해도 그 같은 말이 불쑥 튀어나오면 고고하고 우울한 분위기의 대사원은 순식간에 무너져버릴 것입니다. 하지만 '여자들이 나한테 홀려서 괴롭다'는 식의 속된 표현이 아니라 '사랑받는 불안' 같은 문학적인 언어를 쓰면 대사원은 무너지지 않고 그런대로 버틸 듯해 묘한 기분이 듭니다.

귀의 고름을 닦아주는 내게 다케이치가 많은 여자가 홀릴 거라는 뚱딴지같은 아부를 했을 때, 나는 그저 얼굴을 붉힌 채 살짝 웃기만 하고 아무런 대꾸도 하지 않았습니다. 하지만 그 말을 들으니 어렴풋이 마음에 짚이는 게 있었습니다. 그런데 '여자들이 나한테 홀린다'는 상스러운 어감의 말을 듣자 마음에 짚이는 게 있다고 하는 것은 만담에 나오는 부잣집 도련님 대사로도 쓰지 못할 만큼 유치한 느낌을 풍깁니다. 그렇다면 내가 어찌 그 같은 경박하고 우쭐대는 기분으로 '마음에 짚이는 게 있다'고 했겠습니까.

나로서는 남자보다 여자 쪽이 몇 배는 더 이해하기 어려웠습니다. 우리 가족은 남자보다 여자가 훨씬 많았습니다. 친척 중에도 여자아이가 눈에 띄게 많았고, 그 '범죄'를 저지른 하인들도 여자였기 때문에 나는 어렸을 때부터 여자들하고만 놀면서 자랐다 해도 결코 틀린 말은 아닙니다. 하지만 늘 살얼음판을 걷는 기분으로 여자들과 어울려 왔습니다. 여자를 조금, 아니 전혀 이해할 수 없었습니다. 안개가 자욱한 길을 걷는 듯하다 보니 이따금 호랑이 꼬리를 밟는 실수를 하는 바람에 깊은 상처를 입기도 했습니다. 그런데 그 상처가 남자한테서 받는 채찍과 달리 내출혈처럼 아주 불쾌하게 안으로만 퍼지는 것이라서 좀처럼 낫지 않았습니다.

여자는 남자를 바짝 끌어당겼다가 냉정하게 밀어낸다. 여자는 사람들이 있는 곳에서는 나를 외면하며 매몰차게 대하다가도 둘만 있을 때는 꼭 안아준다. 여자는 죽은 듯 깊이 잠든다. 여자는 잠을 자기 위해 사는 존재 같다. 이 밖에도 나는 어린 시절부터 여러 면에서 여자를 관찰했는데, 같은 인간임에도 남자와는 딴판인 생물처럼 느껴질 때가 많았습니다. 그런데 묘하게도 이처럼 불가사의하고 방심할 수 없는 생물이 내게 신경을 써주었습니다. '반한다'거나 '사랑받는다' 같은 말은 나한테 어울리지 않고 '신경을 써준다'고 하는 편이 그나마 실상을 정확하게 설명하는 데 알맞을지도 모릅니다.

여자는 남자보다 어릿광대짓을 더 너그럽게 받아주는 듯합니다. 내가 어릿광대짓을 하면 남자들은 마냥 껄껄 웃지 않았고, 나 또한 남자를 상대로 기분에 취해 정도를 넘는 어릿광대짓을 하면 실패한다는 사실을 알기 때문에 적당한 선에서 멈추어야 한다고 생각했습니다. 하지만 여자들은 적당한 선이라는 것을 모르는 듯 언제까지고 어릿광대짓을 요구했고, 나는 그 끝없는 앙코르에 응하다 녹초가 되기 일쑤였습니다. 정말이지 여자들은 아주 잘 웃습니다. 대체로 여자가 남자보다는 훨씬 쾌락에 탐닉하는 것 같습니다.

중학교 시절에 신세를 졌던 하숙집의 큰딸과 작은딸은 걸핏하면 2층 내 방으로 올라왔습니다. 나는 그때마다 깜짝깜짝 놀랐고, 몹시 두려워했습니다.

"공부하니?"

"아뇨."

나는 웃으며 책을 덮었습니다.

"오늘 학교에서요, 별명이 몽둥이인 지리 선생님이…."

내 입에서는 이렇게 마음에도 없는 우스갯소리가 술술 나왔습니다.

"요조, 안경 좀 써봐."

어느 날 밤, 작은딸 세쓰가 언니인 아네사와 함께 내 방에 놀러와 내게 어릿광대짓을 시키고는 이렇게 말했습니다.

"안경은 왜?"

"써보라면 써봐. 언니한테 빌려서 말이야."

늘 이런 식으로 명령조로 거칠게 말했습니다. 어릿광대는 순순히 아네사 안경을 썼습니다. 그러자 두 자매는 배꼽을 잡고 웃었습니다.

"똑같아. 로이드랑 똑같다고."

그 무렵 일본에서는 해럴드 로이드인가 하는 외국의 희극 배우가 인기를 끌었습니다.

나는 자리에서 일어나 한 손을 들고 말했습니다.

"여러분! 이번에 일본 팬 여러분에게…."

내가 이렇게 인사말을 늘어놓자 두 자매는 더욱 요란스레 웃어댔습니다. 나는 그 뒤로 로이드가 나오는 영화가 마을 극장에서 상영될 때마다 몰래 보러 가서 그의 표정을 연구했습니다.

어느 가을밤에는 누워서 책을 읽고 있는데, 아네사가 새처럼 재빨리 방에 들어와서는 내 이불에 엎어져 울며 이렇게 말했습니다.

"요조가 나를 좀 도와줘야겠어. 그럴 거지? 이런 집구석에서 사는 거 정말 지겨워. 함께 나가자. 나 좀 도와줘, 제발."

아네사는 과격한 말을 내뱉고는 또 울었습니다. 여자들이 내게 이런 태도를 보인 것이 처음은 아니어서 나는 크게 놀라지 않았습니다. 오히려 진부하고 별 내용도 없는 말이라 아무런 감흥도 없었습니다. 나는 말없이 이불에서 나와 책상 위에 있는 감을 깎아 한 조각을 아네사에게 건네주었습니다. 아네사는 코를 훌쩍이며 감을 먹고 이렇게 물었습니다.

"뭐 재미있는 책 있어? 있으면 빌려줄래?"

나는 나쓰메 소세키가 쓴 《나는 고양이로소이다》를 책장에서 꺼내주었습니다.

"잘 먹었어."

아네사는 부끄러운 듯 웃으며 방에서 나갔습니다. 아네사뿐 아니라 여자들은 도대체 어떤 마음으로 사는지 생각하는 일은 내게 있어 지렁이의 마음을 헤아리는 것보다 더 까다롭고 성가신 데다 왠지 모르게 기분 나쁘게 느껴졌습니다. 다만 여자들이 그렇게 갑자기 울음을 터뜨리거나 할 때 무언가 달콤한 음식을 주면 그것을 먹고 기분 좋아한다는 사실만큼은 어릴 때부터 경험을 통해 알고 있었습니다.

작은딸 세쓰는 한술 더 떠 친구들까지 내 방으로 데려왔습니다. 나는 여느 때처럼 공평하게 모두를 웃겼습니다. 그런데 세쓰는 친구들이 돌아가고 나면 늘 그 친구들의 험담을 했습니다. 그 아이는 불량소녀니까 조심하라고 어김없이 말하곤 했습니다. 그런 식으로 말하려면 애초에 데려오지 말아야 할 텐데 말입니다. 아무튼 세쓰 때문에 내 방에 오는 손님은 대부분 여자들이 되어버렸습니다.

그렇다고 다케이치가 "많은 여자들이 너한테 홀릴 거야"라고 했던 말이 실현된 것은 결코 아니었습니다. 말하자면 나는 일본 도호쿠 지방의 해럴드 로이드였던 것입니다. 다케이치의 입에 발린 말이 꺼림칙한 예언으로 되살아나 불길한 모습을 드러낸 것은 그로부터 몇 년이 지난 뒤의 일이었습니다.

다케이치는 내게 또 한 가지 중요한 선물을 주었습니다.

"요괴 그림이야."

언제인지 정확히 기억나지 않지만, 다케이치가 2층 내 방에 놀러 왔을 때였습니다. 그가 컬러 삽화 한 장을 보여주며 의기양양하게 말했습니다.

나는 고개를 갸웃했습니다. 몇 년이 지나서 돌이켜보니 그때 내가 갈 길이 정해진 듯합니다. 나는 알고 있었습니다. 그것은 유명한 고흐의 자화상이었습니다. 소년 시절 일본에서는 프랑스 인상파 화가의 그림이 크게 유행했고, 서양화 감상의 첫걸음은 대체로 그런 그림들을 보는 것으로 시작했습니다. 고흐, 고갱, 세잔, 르누아르 같은 화가들의 그림은 시골 학생들도 사진으로 봐서 알고 있었습니다. 나 또한 고흐 그림의 컬러 도판을 꽤 많이 보고는 재미있는 터치와 선명한 색채에 흥미를 느꼈지만, 그것이 요괴 그림이라고는 한 번도 생각한 적이 없습니다.

"그럼 이 그림은 어때? 이것도 요괴처럼 보여?"

나는 책장에서 모딜리아니 화집을 꺼내 햇볕에 그을린 구릿빛 피부의 여자 누드화를 다케이치에게 보여주었습니다.

"굉장한걸!"

다케이치가 눈을 휘둥그레 뜨고 감탄했습니다.

"지옥의 말 같아!"

"이것도 요괴 같다는 거지?"

"나도 이런 요괴 그림 그리고 싶다."

인간을 두려워하는 사람일수록 오히려 무서운 요괴를 두 눈으로 똑똑히 보고 싶어 하는 심리, 신경질적이고 겁먹기 쉬운 사람일수록 폭풍우가 더욱 거세지기를 바라는 심리. 아, 이 화가들은 인간이라는 요괴에게 상처받고 겁먹은 끝에 마침내 환영을 믿고 대낮의 자연 속에서 생생하게 요괴를 본 모양입니다. 게다가 그들은 그것을 우스꽝스럽게 얼버무리지 않고 보이는 그대로 표현하려고 애쓴 듯합니다. 다케이치의 말대로 과감하게 '요괴 그림'을 그린 것입니다. 나는 그들이 장래에 내 동지가 될 것이라는 생각에 눈물 날 만큼 흥분해서는 목소리를 한껏 낮추어 이렇게 말했습니다.

"나도 그릴게. 요괴 그림 그릴 거야. 지옥의 말을 그릴 거라고."

나는 초등학교 때부터 그림을 그리는 것도, 보는 것도 좋아했습니다. 하지만 내가 그린 그림은 작문만큼 좋은 평가를 받지 못했습니다. 나는 인간이 하는 말을 조금도 믿지 않았기 때문에 작문 또한 어릿광대의 인사말 정도로 가볍게 여겼습니다. 초등학교와 중학교 시절에는 작문으로 선생님들을 웃겼지만 정작 나는 재미를 전혀 느끼지 못했습니다. 그림은(만화 같은 것은 예외지만) 남의 흉내를 내는 유치한 수준이기는 하나 대상을 제대로 표현하려고 나름대로 고심했습니다.

수업 시간에 보여주는 그림 견본은 시시하고 선생님 그림 실력도 형편없어서 그야말로 닥치는 대로 이런저런 표현법을 스스로 연구하고 시도해볼 수밖에 없었습니다. 중학교 때는 유화 도구를 한 세트 가지고 있어서 인상파 화풍의 터치를 그대로 따라 그려보기도 했습니다. 하지만 내가 그린 것은 일본의 전통 색지 공예처럼 밋밋하니 입체감이 전혀 느껴지지 않았습니다.

아무튼 다케이치의 말을 듣고 그때까지 그림을 대하는 마음가짐이 근본부터 잘못되었다는 것을 깨달았습니다. 아름다워 보이는 대상을 그대로 아름답게만 표현하려는 안이한 자세와 어리석은 태도로 일관했던 것입니다. 내가 볼 때 대가들은 아무것도 아닌 것을 주관에 따라 아름답게 창조하고, 추한 것은 구역질을 하면서도 그에 대한 흥미를 숨기지 않고 그대로 표현하는 기쁨에 젖어 있는 것 같았습니다. 결국 나는 타인의 평가에 연연하지 않는 회화의 원초적인 비법을 다케이치에게서 터득하고 이따금 찾아오는 그 여자 손님들 몰래 조금씩 자화상을 그리기 시작했습니다.

얼마 뒤 그림이 완성되었습니다. 하지만 나 스스로도 흠칫 놀랄 정도로 음산한 그림이었습니다. 어쩌면 그런 모습이야말로 가슴 깊은 곳에 숨기고 있던 나의 정체일 것입니다. 겉으로는 밝게 웃으며 다른 사람을 웃기곤 하지만, 실제로는 마음이 음울한 존재가 바로 나라는 사실을 받아들여야지 달리 방법이 없었습니다.

그 그림은 다케이치 말고는 아무에게도 보여주지 않았습니다. 다른 사람이 내 어릿광대짓의 밑바닥에 깔린 음산한 기운을 알아채고 내 사소한 부분까지 경계하는 것이 싫었습니다. 또 이를 내 정체라고 깨닫지 못한 채 새로운 어릿광대짓의 소재로 여긴 나머지 남들의 웃음거리가 될지도 모른다는 걱정도 했습니다. 그렇게 되면 너무나 고통스러운 일이어서 나는 그 그림을 벽장 깊숙이 처박아두었습니다.

학교 미술 시간에도 그 '요괴 그림 기법'은 숨기고 그때까지 해온 대로 아름다운 것을 아름답게 표현하는 평범한 터치로 그렸습니다.

나는 전부터 다케이치에게만은 예민한 모습을 거리낌 없이 내보였던 터라 이번에 그린 자화상도 마음 놓고 보여주었습니다. 다케이치는 아주 잘 그렸다고 말했습니다. 그래서 두 장이고 세 장이고 요괴 그림을 계속 그렸습니다. 그러자 다케이치는 이렇게 예언하듯 말했습니다.

"너는 훌륭한 화가가 될 거야."

여자들이 나한테 반할 거라는 예언과 훌륭한 화가가 될 거라는 예언, 나는 멍청한 다케이치의 두 가지 예언을 머릿속에 새기고 도쿄로 올라왔습니다.

나는 미술학교에 가고 싶었습니다. 하지만 아버지는 전부터 나를 고등학교에 보내 공무원을 시키려고 했습니다. 아버지가 여러 차례 고등학교에 가라고 했기 때문에 말대꾸 한마디도 못하는 성격의 나로서는 꼼짝없이 그 말을 따를 수밖에 없었습니다. 그렇지 않아도 벚꽃과 바다가 보이는 것으로 유명한 중학교에 슬슬 싫증이 나던 터라 나는 5학년에 진급하지 않고 4학년을 마치자마자 입학시험을 치르고 도쿄의 한 고등학교에 합격했습니다. 그리고 곧바로 기숙사에 들어갔는데, 불결한 데다 학생들의 난폭한 행동에 넌더리가 났습니다. 거기서 어릿광대짓을 하기는커녕 의사에게서 폐병이라는 진단서를 받아내어 기숙사를 나와 우에노 사쿠라키초에 있는 아버지 집으로 들어왔습니다.

나는 단체생활을 전혀 할 줄 몰랐습니다. 게다가 청춘의 감격이니 젊은이의 긍지니 하는 말을 들으면 소름이 돋는 데다 고등학생 정신 같은 것은 도저히 따라갈 수 없었습니다. 교실이든 기숙사든 왜곡된 성욕의 쓰레기장처럼 느껴져서 완벽에 가까운 내 어릿광대짓도 거기서는 아무런 도움이 되지 않았습니다.

아버지는 의회가 열리지 않으면 한 달에 일주일에서 보름 정도만 그 집에 머물렀습니다. 그 때문에 아버지가 없을 때 그 넓은 집에는 관리인 노부부와 나, 셋뿐이었습니다. 나는 걸핏하면 학교에 가지 않았습니다. 그래서 시간이 많았지만, 그렇다고 도쿄 시내를 구경하고 싶지도 않아서 메이지 신궁이나 구스노키 마사시게[6] 동상이나 센가쿠지에 있는 47인의 사무라이[7] 묘에도 가보지 못했습니다

6 가마쿠라 시대 말기의 무장. 일본 역사상 뛰어난 군사 전략가 가운데 한 사람.

다. 그저 하루 종일 집 안에 틀어박혀 책을 읽거나 그림을 그렸을 뿐입니다.

아버지가 도쿄에 올라오면 매일 아침 허둥지둥 등교했지만, 혼고 센다기초에 있는 서양화가 야스다 신타로 씨의 화실에 가서 서너 시간 데생 연습을 하기도 했습니다. 기숙사를 나오고 보니 학교 수업에 참가해도 마치 청강생 같은 특별한 위치에 있는 듯했습니다. 이는 자격지심 탓일지 모르지만, 아무튼 스스로 뻔뻔하다는 생각이 들어 학교에 가는 것이 더욱 내키지 않았습니다. 나는 초등학교, 중학교, 고등학교를 다니며 애교심이라는 것을 끝내 이해하지 못했습니다. 교가라는 것도 외워본 적 없습니다.

나는 화실에 다니면서 한 미술학도를 통해 술과 담배와 매춘부와 전당포와 좌익 사상을 알게 되었습니다. 서로 어울리기에는 묘한 조합이지만, 모두 사실입니다.

그 미술학도의 이름은 호리키 마사오인데, 도쿄의 번화가에서 태어난 데다 나보다 여섯 살 위였습니다. 사립 미술학교를 졸업한 그는 집에 아틀리에가 없어 이 화실에서 서양화 공부를 계속하는 것이라고 했습니다.

"5엔만 빌려줄래?"

그와 나는 서로 얼굴만 알 뿐 그때까지 말 한마디 나눈 적 없었습니다. 나는 얼떨결에 5엔을 내밀었습니다.

"좋아, 한잔하자. 내가 한턱낼게. 너는 참 좋은 애 같아."

그의 요구를 거절할 줄 모르고 그가 이끄는 대로 화실 근처에 있

7 억울하게 죽은 주군의 원수를 갚고 자결한 아코번(현재의 고베 지역)의 47인의 무사(사무라이).

는 호라이초의 카페에 따라간 것이 그와 어울리는 계기가 되었습니다.

"전부터 너를 눈여겨보고 있었어. 그래, 바로 그거야. 수줍어하는 듯한 미소라고. 장래성 있는 예술가는 너처럼 특유의 표정을 짓지. 자, 서로 알게 된 기념으로 건배! 기누 씨, 이 녀석 꽤 잘생겼지? 그렇다고 반하면 안 돼. 이 녀석이 화실에 나타난 바람에 나는 두 번째 미남으로 밀려났어. 애석하게도 말이야."

호리키는 가무잡잡한 피부에 단정한 얼굴이었는데, 미술학도치고는 드물게 제대로 된 양복을 입은 데다 넥타이 취향도 수수했습니다. 게다가 머리는 포마드를 발라 가운데 가르마를 탔습니다.

익숙하지 않은 장소에 겁을 먹은 나는 팔짱을 꼈다 풀었다 하며 수줍은 미소만 짓고 있었습니다. 그러다 맥주를 두세 잔 마셨는데, 홀가분하니 묘한 해방감이 느껴졌습니다.

"미술학교에 들어가고 싶었지만…."

"그럴 필요 없어. 시시하거든. 학교는 지루하고 시시해. 우리 스승은 자연 속에 있다고! 자연을 향한 정열!"

나는 그의 말에 존경스러운 마음이 전혀 들지 않았습니다. 오히려 멍청한 사람이고, 분명히 그림 실력도 형편없을 것이며, 그나마 함께 놀기엔 괜찮은 상대일지 모른다고 생각했습니다. 이를테면 나는 그때 태어나서 처음으로 도시의 건달을 본 셈입니다. 그는 비록 생김새는 다르지만 세상 사람의 일상생활에서 벗어나 방황하고 있다는 점에서 나와 같은 부류였습니다. 다만 의식하지 못한 채 어릿광대짓을 하는 데다 그 비참함을 전혀 깨닫지 못한다는 점에서는 나와 본질적으로 달랐습니다.

나는 그저 함께 노는 상대일 뿐이라 생각하며 그를 경멸하고 이따금 그와의 교우를 수치스럽게 여기면서도 어울렸습니다. 하지만 그러는 사이 그에게조차 크게 깨지고 말았습니다.

처음에는 호리키를 좋은 사람, 그것도 보기 드물게 좋은 사람이라고 믿었습니다. 늘 인간에게 두려움을 느끼던 터에 마음을 푹 놓아도 좋을, 도쿄의 안내자가 생겼다는 정도로까지 생각했습니다. 사실 나는 혼자서 전차를 타면 늘 차장이 무서웠습니다. 가부키 극장에 가고 싶어도 주홍빛 융단이 깔린 현관 계단 양쪽에 나란히 서 있는 안내양들이 무서워 망설였습니다. 그뿐만 아니라 레스토랑에 갔을 때 등 뒤에 가만히 서서 접시가 비기를 기다리는 웨이터도 무서웠습니다. 계산할 때 내 손놀림은 얼마나 어색했던지요. 돈을 낼 때는 인색해서가 아니라 너무 긴장한 데다 부끄럽고 불안하고 두려워서 눈앞이 빙글빙글 돌 정도로 현기증이 났습니다. 게다가 반쯤 미친 듯한 기분이 들어 값을 깎기는커녕 거스름돈 받는 일을 깜빡 잊었을 뿐만 아니라 이따금 구입한 물건을 두고 나오기도 했습니다. 내가 혼자서 도쿄 거리를 돌아다니지 못하고 온종일 집 안에서 빈둥거린 데는 이런 사정이 있었습니다.

그런데 호리키에게 지갑을 맡기고 함께 다니자 물건값을 잘 깎으면서도 잘 논다고나 할까, 그는 얼마 안 되는 액수로 최대 효과를 거두는 식으로 돈을 썼습니다. 호리키는 요금이 비싼 택시는 되도록 멀리하고 전차나 버스, 허름한 통통배 등을 번갈아 이용함으로써 가장 짧은 시간에 목적지에 이르는 수완도 보여주었습니다. 또 매춘부 집에서 아침에 돌아올 때는 요정에 들러 목욕을 하고 따끈한 두부 요리를 안주 삼아 가볍게 술을 마시면 적은 돈으로 사치스러운 기분을 느낄 수 있다며 현장 교육까지 시켜주었습니다. 그 밖에도 거리에서 파는 쇠고기덮밥이나 닭꼬치가 저렴하면서도 영양 많은 음식이라는 사실을 가르쳐주었고, 취기가 빨리 오르는 데는 전기 브랜디[8]만 한 것이 없다고 단언하기도 했습니다. 아무튼 그런 계산에서는 불안이나 공포를 느끼게 한 적이 한 번도 없었습니다.

호리키와 어울리며 또 한 가지 좋았던 점은 그가 자기 말을 듣는 사람의 생각 따위는 아예 무시한 채 정열이 분출하는 대로(어쩌면 정열이란 상대방의 입장을 무시하는 것일지도 모르겠지만) 계속 시시껄렁한 수다를 늘어놓기 때문에 둘이 다니다 지쳐도 어색한 침묵에 빠질 염려가 전혀 없다는 것입니다. 말수가 적은 나는 사람을 만났을 때 상대방과 나 사이에 무시무시한 침묵이 가로놓일까 두려워 필사적으로 어릿광대짓을 해왔는데, 지금은 멍청한 호리키가 무의식중에 어릿광대짓을 해주기 때문에 나로서는 대충 대답하고 그의 말을 한 귀로 흘려듣다 이따금 맞장구를 치며 웃기만 하면 되었습니다.

술과 담배와 매춘 같은 것은 일시적으로나마 인간에 대한 공포를 잊게 할 수 있는 꽤 괜찮은 수단이라는 사실을 알게 되었습니다. 그 같은 수단을 얻기 위해서라면 내가 가진 것을 전부 팔아도 후회하지 않을 거라는 마음마저 들었습니다.

매춘부는 내게 인간도 여성도 아닌 백치나 미치광이처럼 보였습니다. 그래서 그 품에 안기면 안심하고 깊이 잠들 수 있었습니다. 그들은 서글플 정도로 털끝만큼의 욕심도 없었습니다. 그런 데다 내

8 메이지 시대에 나온 브랜디를 바탕으로 만든 칵테일. 그때 전기가 흔치 않아 새롭거나 신기한 것에는 앞에 '전기'라는 단어를 붙여 불렀다.

게 같은 부류의 친밀감 같은 것이 느껴지는지 늘 거북하지 않을 정도의 자연스러운 호의를 베풀었습니다. 그것은 대가를 바라지 않는 호의, 강압적이지 않은 호의, 자기를 두 번 다시 찾아오지 않을지도 모르는 사람에 대한 호의였습니다. 어느 날 밤인가 나는 백치나 미치광이 같은 매춘부에게서 마리아의 후광을 보기도 했습니다.

하지만 인간에 대한 공포에서 벗어나 하룻밤의 가벼운 안식을 얻기 위해 나와 '동류'인 매춘부들과 어울리는 사이 나도 모르게 주위에 꺼림칙한 기운을 내뿜었던 모양입니다. 이는 전혀 생각지 못했던 이른바 '덤으로 받는 부록' 같은 것인데, 이 부록이 서서히 선명하게 표면에 떠올라 호리키에게 지적당하자 깜짝 놀란 데다 기분이 몹시 언짢았습니다. 옆에서 보았을 때 속된 말로 내가 매춘부를 통해 여자를 잘 알게 되고, 게다가 최근에는 여자 다루는 솜씨까지 눈에 띄게 좋아졌다는 것입니다. 매춘부를 통해 여자 다루는 솜씨를 갈고닦는 것은 무척 힘든 일이지만, 그런 만큼 효과가 좋다고 들었습니다. 하지만 내 몸에는 이미 '여자의 달인'이라는 냄새가 듬뿍 배어서 매춘부뿐만 아니라 보통 여자들까지 본능적으로 그 냄새를 맡고 다가온다는, 다분히 외설적이면서 조금은 불편한 명예를 '부록'으로 얻었습니다. 그런데 그 '부록'이 안식安息 같은 것보다 더 뚜렷하게 눈에 띈 모양입니다.

호리키는 반쯤 칭찬으로 그렇게 말했겠지만, 나 또한 답답하니 마음에 짚이는 일이 있었습니다. 이를테면 찻집에서 여종업원한테 유치한 내용의 편지를 받은 적도 있었고, 사쿠라기초의 이웃집 장군의 스무 살쯤 된 딸이 매일 아침 내가 등교하는 시간에 맞추어 특별히 볼일이 없을 텐데도 화장을 엷게 하고는 자기 집 현관을 들락

날락했으며, 소고기를 먹으러 가면 내가 잠자코 있는데도 식당 여종업원이…. 또 단골 담배 가게의 딸이 건네준 담배 상자 안에는…. 또 가부키를 보러 가면 옆자리에 앉은 여자가…. 또 깊은 밤 술에 취해 전차에서 잠들었는데…. 또 생뚱맞게도 고향의 친척 집 딸이 절절한 내용의 편지를 보내오고…. 또 누군지 모르는 젊은 여자가 내가 집에 없는 사이 직접 만든 것 같은 인형을 놓고 가기도 했습니다. 내가 워낙 소극적인 성격이라서 어느 경우든 이야기는 거기서 끝났을 뿐, 그 이상의 진전은 한 번도 없었습니다.

하지만 여자에게 꿈을 꾸게 하는 분위기가 내 어딘가에 감돈다는 것은 단순히 자랑삼아 떠벌리는 연애 이야기나 시시껄렁한 농담이 아니라 누구도 부정할 수 없는 사실이었습니다. 나는 이런 사실을 호리키 같은 녀석에게 지적받자 굴욕에 가까운 씁쓸함을 느꼈고, 별안간 매춘부와 노는 것도 재미없어졌습니다.

어느 날 호리키는 모더니스트로 보이고 싶은 허영심에서(호리키의 경우, 이것 말고 다른 이유가 있다는 생각은 지금껏 한 번도 해본 적이 없습니다) 나를 공산주의 독서회라는(R. S.라고 했던가, 기억이 가물가물합니다) 비밀 연구회에 데려갔습니다. 호리키에게는 공산주의 비밀 모임도 '도쿄 안내' 코스 가운데 하나에 지나지 않았을지도 모르겠습니다. 아무튼 나는 이른바 '동지들'에게 소개되었고, 팸플릿을 강제로 구입했으며, 상석에 앉은 아주 못생긴 청년한테 마르크스 경제학 강의를 들었습니다.

하지만 내용이 너무 뻔했습니다. 물론 인간의 마음 안에는 이유를 알 수 없는 두려운 것이 있겠지요. 욕망이라는 말로도 부족하고, 허영이라는 말로도 부족하며, 색정과 욕정이라는 두 단어를 나란히 놓아도 부족한, 무언지 정확히 알 수는 없지만 인간 세상의 밑바닥에는 경제뿐만이 아닌 이상한 괴담 같은 것이 있다는 생각이 들었습니다. 그 으스스한 무언가에 겁먹을 대로 겁먹은 나는 이른바 유물론을 물이 낮은 곳으로 흐르듯 자연스러운 것으로 받아들였습니다. 하지만 그러면서도 그것을 통해 인간에 대한 공포로부터 해방되어 새싹을 바라보며 희망의 기쁨을 느낀다든지 하는 일은 불가능했습니다.

그렇기는 해도 나는 한 번도 빠지지 않고 그 R. S.(이렇게 불렸던 것 같은데, 잘못 알고 있는지도 모르겠습니다)라는 모임에 참석했고, '동지들'이 무슨 거창한 것이라도 되는 듯 사뭇 진지한 표정으로 하나 더하기 하나는 둘이라는 식의, 기초 산수 같은 이론 연구에 빠져 있는 모습이 참을 수 없이 우스꽝스럽게 보여서 나름 어릿광대짓으로 분위기를 편안하게 하려고 애썼습니다. 그래서일까, 연구회의 답답한 분위기는 조금씩 누그러지고, 나는 그 모임에 없어서는 안 될 인기인이 되었습니다. 어쩌면 단순해 보이는 그 사람들이 나 또한 자신들과 똑같이 단순하면서도 낙천적인 성격의 어릿광대 동지라고 생각했을지도 모릅니다. 그랬다면 나는 그 사람들을 하나부터 열까지 속였던 셈입니다. 그러니까 나는 애초에 그들의 동지가 아니었습니다. 단지 모임에 빠짐없이 참석했고, 그들 모두에게 어릿광대 서비스를 제공했을 뿐입니다.

그 이유는 좋아서였습니다. 그 사람들이 마음에 들어서였습니다. 하지만 그것은 반드시 마르크스 덕에 생긴 친밀감이나 애정은 아니었습니다.

비합법. 나는 그런 행위가 묘하게 즐거웠습니다. 마음도 편했습니다. 세상 사람들이 말하는 합법이라는 것이 오히려 두려웠습니다. 합법 하면 터무니없이 강력한 무언가가 느껴졌습니다. 그 구조도 이해할 수 없었습니다. 창문도 하나 없고 뼛속까지 추위가 파고드는 그 방에는 앉아 있을 수가 없었습니다. 바깥에 펼쳐진 비합법이라는 이름의 바다에 뛰어들어 헤엄치다 죽음에 이르는 편이 오히려 마음 편할 것 같았습니다.

'음지의 인간'이라는 말이 있습니다. 이는 인간 세상에서 비참하게 패배한 자 또는 부도덕한 자를 가리키는 말인 듯합니다. 나는 태어나는 순간부터 스스로 음지의 인간인 것 같아 세상 사람들한테 음지의 인간이라고 손가락질당하는 사람을 보면 상냥해지고 싶은 마음이 들었습니다. 그런 마음은 나 스스로도 반할 정도로 따뜻했습니다.

'죄의식'이라는 말도 있습니다. 나는 이 인간 세상에서 평생 죄의식에 시달렸지만, 한편으로 그것은 조강지처와 같은 인생의 좋은 반려자라서 단둘이 쓸쓸히 놀며 지내는 것도 내 삶의 방식 가운데 하나일지도 모른다는 생각을 했습니다. '정강이에 상처가 있는 자'[9]라는 속된 말도 있는 듯합니다. 내 경우 그런 상처는 아기였을 때 한쪽 정강이에 저절로 생겼는데, 자라면서 자연히 치료되기는커녕 더욱 깊어지다 마침내 뼛속까지 파고들어 밤마다 이리저리 끝없이 변하는 지옥 같은 고통을 겪었습니다. 그러나(아주 이상한 표현이지만) 그 상처는 점점 내 혈육보다 더 친근하게 느껴졌고, 통증은 그 상처가 살아 있다는 감정 표현 같기도 하고 사랑의 속삭임

9 켕기는 데가 있거나 이전에 저지른 나쁜 짓을 숨기는 등 약점이 있는 사람을 일컫는 관용적 표현.

같기도 했습니다. 이런 내게 그 지하운동 모임의 분위기는 묘하게도 편안했습니다. 거기에만 가면 마음이 놓였는데, 이를테면 그 운동의 본래 목적보다는 겉으로 드러나는 성격 같은 것이 나와 맞는 느낌이 들었습니다.

호리키는 그저 놀릴 겸 장난삼아 나를 그 모임에 데려가서 소개했을 뿐입니다. 그 뒤로는 모임에 나오지 않은 채 마르크스주의자는 생산 측면의 연구뿐 아니라 소비 측면의 관찰도 필요하다는 어설픈 논리를 늘어놓으며 나를 소비 측면의 관찰 쪽으로 꾀어내고 싶어 했습니다. 돌이켜보면 그 무렵에는 여러 유형의 마르크스주의자가 있었습니다. 호리키처럼 현대적 감각을 추구하려는 허영심 때문에 스스로 마르크스주의자라고 칭하는 사람도 있었고, 나처럼 그저 비합법의 느낌이 마음에 들어 거기에 눌러앉은 사람도 있었습니다.

마르크스주의를 진심으로 신봉하는 사람들이 우리의 실체를 알았다면 어떻게 되었을까요? 그들은 불같이 화를 냈을 테고, 호리키도 나도 비열한 배신자로 찍혀 그 자리에서 내쫓겼을 것입니다.

그런데 이상하게 나도 호리키도 좀처럼 제명 처분을 당하지 않았습니다. 오히려 내 경우에는 신사들이 사는 합법의 세계보다 비합법의 세계에서 더 여유롭고 '건강'하게 행동할 수 있었습니다. 그래서 장래가 유망한 '동지'로 웃음이 터져나올 만큼 지나치게 비밀스러운 갖가지 일까지 맡았습니다.

나는 내게 주어진 일을 한 번도 거절하지 않고 태연하게 받아들였습니다. 무슨 일인지 따지지도 않았습니다. 마음이 들뜬 나머지 개(동지들은 경찰을 이렇게 불렀습니다)한테 의심을 사거나 불심검

문을 당해 일을 그르친 적도 없었습니다. 나는 웃고 또 사람들을 웃기며 그들이 위험하다고 말하는 임무(그 운동에 관여한 녀석들은 아주 중대한 일이라도 되는 듯 바짝 긴장하고 탐정소설의 어설픈 주인공 흉내까지 내며 극도로 경계했습니다. 하지만 그렇게 해서 내게 맡긴 일은 어처구니없을 정도로 하찮은 것이었습니다. 그런데도 그들은 그 임무라는 것이 굉장히 위험하다며 허풍을 떨었습니다)를 확실하게 완수했습니다. 그 무렵 나는 당원으로 활동하다 붙잡혀서 평생 감옥살이를 한다고 해도 상관없다고 생각했습니다. 말하자면 세상 사람들의 '생활'이라는 것을 두려워하며 매일 밤잠을 못 이루는 지옥에서 신음할 바에는 차라리 감옥에 있는 편이 더 낫다고 생각했던 것입니다.

사쿠라기초의 집에 와도 아버지는 손님 접대를 하거나 외출을 했습니다. 그래서 같은 집에 살아도 사흘이고 나흘이고 나와 마주칠 일이 없었습니다. 그럼에도 아버지가 어렵게 느껴지고 무섭기도 해 이 집을 나가서 하숙이라도 하고 싶었습니다. 하지만 차마 그런 말을 꺼내지 못하고 있었는데, 어느 날 아버지가 그 집을 팔 작정인 것 같다는 말을 관리인 노인한테 들었습니다.

아버지의 의원 임기도 거의 끝나가는 터에 분명히 여러 사정이 있어서였겠지만, 더는 선거에 나갈 뜻도 없는 것 같았습니다. 고향에 거처할 별장을 한 채 마련한 것으로 보아 도쿄에는 딱히 미련도 없는 모양이었습니다. 게다가 고작 고등학생인 나를 위해 저택과 하인까지 두는 것은 낭비라고 생각했는지(나는 아버지 마음을 세상 사람들 마음과 마찬가지로 잘 모르겠습니다) 그 집을 곧 다른 사람에게 넘겼습니다. 그 바람에 나는 혼고 모리카와초에 있는 센유칸이라는 낡은 하숙집의 어두컴컴한 방으로 이사했는데, 그때부터 돈에 쪼들리기 시작했습니다.

그 전까지는 아버지가 매달 보내주는 용돈으로 생활했습니다. 하지만 그것은 사흘도 안 되어 온데간데없이 사라지곤 했습니다. 그래도 담배며 술이며 치즈며 과일 등은 늘 집에 있었고, 책이나 문구류나 옷가지 같은 것은 집 근처 가게에서 '외상'으로 구할 수 있었습니다. 호리키에게 메밀국수나 튀김 덮밥을 사줄 때도 그 가게가 아버지 지역구에 있는 것이면 아무 말 하지 않고 가게를 나와도 괜찮았습니다.

그렇게 하다 갑자기 하숙집에서 혼자 살게 되고 모든 것을 매달 보내오는 일정한 액수의 돈으로 해결해야 하는 처지에 놓이자, 나는 너무나도 당황스러웠습니다. 집에서 보내주는 돈도 2, 3일 지나면 흔적도 없이 사라져버렸습니다. 그러면 겁도 나고 불안해서 미칠 것 같아 아버지, 형, 누나들에게 번갈아 돈을 부탁하는 전보와 구구절절 사정을 늘어놓은 편지(그 편지에 쓴 사정이란 전부 어릿광대가 지어낸 허구였습니다. 누군가에게 무언가를 부탁할 때는 먼저 그 사람을 웃겨야 한다고 생각했습니다)를 잇달아서 보냈습니다. 호리키가 가르쳐준 대로 전당포도 쉴 새 없이 들락거렸습니다. 그래도 늘 돈에 쪼들렸습니다.

결국 아무런 연고도 없는 하숙집에서 홀로 '생활'해나갈 능력이 내게는 없었던 것입니다. 하숙방에 혼자 가만있는 것이 두려웠습니다. 그런 데다 누군가가 쳐들어와서 공격할 것 같은 기분마저 들었습니다. 그래서 밖으로 뛰쳐나가 그 모임 일을 돕거나 수업이든 그림 공부든 거의 내팽개친 채 호리키와 함께 싸구려 술집을 돌아다녔습니다. 그러다 고등학교 입학하고 2년째인 11월에 연상의 유부녀를 만나 부적절한 관계를 맺었는데, 그 때문에 내 인생은 완전히 바뀌어버렸습니다.

학교에 가지도 않고 공부도 전혀 하지 않았는데도 시험 답안을 작성하는 요령이 있는지 그때까지는 고향의 가족을 그럭저럭 속일 수 있었습니다. 하지만 출석 일수가 부족하다는 이유를 들어 학교에서 나 몰래 아버지에게 보고를 했던 모양입니다. 어느 날 아버지를 대신해서 큰형이 근엄한 내용의 긴 편지를 보내왔습니다.

그러나 그런 것보다 더 직접적으로 느낀 고통은 돈이 없어서이기도 하지만 모임에서의 임무가 그저 심심풀이로 하는 식의 기분으로는 감당할 수 없을 정도로 과격한 데다 눈코 뜰 새 없이 바쁘게 돌아가는 데서 비롯되었습니다. 중앙지구인지 무언지는 잘 기억나지 않는데, 아무튼 혼고, 고이시카와, 시타야, 간다 일대 모든 학교를 총괄하는 마르크스 학생 행동대 대장이라는 자리를 맡은 것입니다. 무장봉기라는 말을 듣고 작은 칼을 구입해서(돌이켜보면 그 칼은 연필도 제대로 깎지 못할 정도로 날이 약했습니다) 레인코트 주머니에 넣고 이곳저곳 뛰어다니며 '연락'을 했습니다. 술을 마시고 푹 자고 싶었지만 술 한잔 살 돈이 없습니다. 그런 터에 P(당을 그런 은어로 부른 기억이 나는데 틀렸을지도 모르겠습니다) 쪽에서 숨 돌릴 틈도 없이 잇달아 임부를 맡겼습니다. 병약한 나로서는 도저히 감당할 수 없었습니다. 애초에 비합법에 흥미를 느껴 그 모임을 돕기로 한 것인데, 그야말로 농담이 진담이 되어버린 식이었습니다. 갈수록 정신을 차릴 수 없을 정도로 바빠졌습니다. 그렇게 되자 나는 슬며시 P를 향해 이런 마음을 먹었습니다. 당신들 번지수를 잘못

찾았어. 이런 일 당신들 직계 부하들에게나 시키든지 해. 결국 나는 분한 마음이 들어 도망쳐 나왔습니다. 그런데도 마음이 편치 않아 아예 죽어버리기로 결심했습니다.

그 무렵 내게 특별히 호의를 보인 여자가 셋 있었습니다. 한 여자는 하숙집 센유칸의 딸이었습니다. 이 여자는 내가 그 모임을 돕느라 진이 빠진 채 돌아와서 밥도 먹지 않고 자리에 누우면 어김없이 종이와 만년필을 가지고 내 방에 찾아왔습니다.

"죄송해요. 아래층에는 동생들이 시끄럽게 떠들어서 마음 편히 편지를 쓸 수 없어서요."

그녀는 그렇게 말하고 내 책상 앞에 앉아 한 시간 넘게 편지를 썼습니다.

그러든 말든 모른 척하고 잠들면 되는데도 그 여자가 어떻게든 나와 한마디라도 나누고 싶어 하는 눈치라서 늘 하던 대로 봉사 정신을 좀 발휘했습니다. 정말로 입 한 번 벌리고도 싶지 않았지만, 지친 몸으로 '흐음' 하고 기합을 넣은 뒤 배를 깔고 누워 담배를 피우며 이렇게 말했습니다.

"여자가 보낸 러브레터로 목욕물을 데운 사내도 있다네요."

"어머, 말도 안 돼. 그쪽 얘기죠?"

"우유를 데워 마신 적은 있어요."

"영광이네요. 많이 데워 드세요."

이 여자 빨리 나가지 않고 뭐 하는 거야? 편지라니, 속이 훤히 들여다보이는군. 헤헤노노모헤지[10]를 그리고 있는 게 틀림없어.

10 히라가나의 일곱 글자 헤헤노노모헤지へへののもへじ를 이용해 사람 얼굴을 묘사하는 일종의 글자 놀이.

정말로 그런 것 같았습니다.

"좀 보여줄래요?"

죽어도 보기 싫은 기분으로 그렇게 말하면, '어머 싫어요. 정말 싫다고요' 하면서 좋아하는 꼴이라니. 마음에도 없는 소리를 하는 모습에 흥이 깨졌습니다. 나는 그저 심부름이나 시켜야겠다고 생각했습니다.

"미안하지만 전찻길에 있는 약국에 가서 칼모틴 좀 사다줄래요? 너무 피곤해서인지 얼굴이 화끈거리고 잠이 오지 않네요. 미안해요. 돈은…."

"괜찮아요, 돈 같은 건."

그녀는 기쁜 얼굴로 자리에서 일어났습니다.

심부름을 시켰다고 기분 나빠 할 여자는 없을 것입니다. 오히려 여자는 좋아하는 남자에게 일을 부탁받으면 기뻐한다는 것을 나는 익히 알고 있었습니다.

또 한 명은 여자고등사범학교 문과생으로 이른바 '동지'였습니다. 이 여자와는 그 운동 임무와 관련해 싫어도 날마다 얼굴을 맞댈 수밖에 없었습니다. 여자는 회의가 끝난 뒤에도 줄곧 나를 따라와서 이것저것 닥치는 대로 사주었습니다.

"나를 친누나라 생각해."

꼴같잖게 잘난 척하는 태도가 아니꼽기는 했지만, 조금 우수 어린 미소를 지으며 이렇게 대꾸했습니다.

"그럴게요."

나는 속으로 '상대를 화나게 하면 안 된다. 화나면 무서울 것이다. 어떻게든 적당히 얼버무려서 넘어가야 한다'라고 생각하며 꼴

보기 싫은 여자에게 점점 더 정성을 들여 봉사했습니다. 물건을 사주면(사실 여자가 사준 물건들은 독특한 취향의 사람들이 좋아할 만한 것뿐이어서 받는 즉시 대부분 꼬치구이 집 아저씨 같은 사람한테 주었습니다) 기쁜 표정으로 받고는 우스갯소리를 해 웃음을 선사했습니다.

어느 여름날 밤에는 여자가 나와 떨어지지 않으려고 해서 어두컴컴한 거리에 멈추어 선 채 제발 돌아가라는 뜻으로 키스를 해주었습니다. 그러자 여자는 미친 듯이 흥분하더니 택시를 불러 그 사람들이 운동을 위해 비밀리에 빌려둔 듯한 사무실 같은 좁은 방에 나를 데려가서는 아침까지 난장판을 벌였습니다. 나는 '정말 어처구니없는 누나군' 하고 생각하며 혼자서 쓴웃음을 지었습니다.

하숙집 딸이든 이 '동지'든 어쩔 수 없이 날마다 얼굴을 마주쳐야 하기 때문에 지금까지 만났던 여러 여자처럼 적당히 따돌리지 못하고 질질 끌려다니는 꼴이 되었습니다. 그런 데다 두 여자를 만나다 보니 마음이 불안해서 둘의 비위를 맞추려 애썼는데, 그러는 와중에 이러지도 저러지도 못하는 처지가 되고 말았습니다.

비슷한 시기에 나는 긴자에 있는 커다란 카페에서 일하는 여자 종업원한테 생각지도 못한 은혜를 입었습니다. 딱 한 번 만났을 뿐인데도 은혜를 입자 이에 얽매인 나머지 옴짝달싹 못 할 정도로 걱정이 되고 불안했습니다.

그 무렵에는 호리키의 안내 없이도 혼자서 전차를 타거나 가부키를 보러 갈 수 있었습니다. 허름한 옷을 걸치고 넉살 좋게 카페를 드나들 정도로 뻔뻔할 줄도 알게 되었습니다. 속으로는 여전히 인간의 자신감과 폭력성을 의심하고 두려워하며 고민하면서도 겉으로는 조금씩 타인에게 진지한 얼굴로 인사를, 아니, 아닙니다. 나는 아무래도 패배한 어릿광대의 쓰디쓴 웃음을 짓지 않고는 제대로 된 인사를 할 수 없는 성격입니다. 그렇기는 하지만 정신없이 허둥대는 인사일지언정 그럭저럭 건넬 수 있을 만큼의 '기량'을 갖추었는데, 이는 어쩌면 운동을 위해 뛰어다닌 덕분일 수도, 여자 덕분일 수도, 술 덕분일 수도 있겠으나 그보다는 돈에 쪼들린 덕분이었던 것 같습니다.

어디를 가더라도 두렵다면 차라리 커다란 카페에 가서 여러 취객이나 여자 종업원이나 웨이터들과 뒤섞인 채 부대끼는 것이 끊임없이 쫓기는 듯한 마음을 진정시킬 수 있지 않을까 하는 생각이 들었습니다. 그래서 어느 날인가는 10엔을 가지고 긴자에 있는 그 큰 카페에 혼자 들어가서 얼굴 가득 미소를 지은 채 맞은편의 여자 종업원에게 이렇게 말했습니다.

"10엔밖에 없으니 적당히 알아서 해줘요."

"걱정하지 마세요."

여종업원이 간사이 사투리가 섞인 듯한 말투로 대꾸했습니다. 그런데 그 말 한마디를 듣자 두려움에 떨던 마음이 신기하게 차분해졌습니다. 단순히 돈 걱정할 필요가 없어져서 그랬던 것은 아닙니다. 그 여종업원 곁에 있으면 걱정할 것이 하나도 없을 듯한 기분이 들었기 때문입니다.

나는 거기서 술을 마셨습니다. 그 여자 덕에 마음이 놓여서인지 어릿광대짓을 해야 한다는 생각이 들지 않았습니다. 나는 내 본성대로 과묵한 가운데 음산한 분위기를 풍기며 조용히 술을 마셨습니다.

"이런 거 좋아하시나요?"

여자가 갖가지 요리를 내 앞에 늘어놓으며 물었습니다. 나는 말없이 고개만 가볍게 저었습니다.

"술만 마실 건가요? 그럼 나도 마실래요."

어느 추운 가을밤이었습니다. 나는 쓰네코(이 이름이라고 생각하는데, 기억이 희미해 확실하지는 않습니다. 나는 영원한 사랑을 위해 함께 죽자는 여자 이름조차 잊어버린 인간입니다)가 알려준 대로 긴자 뒷골목에 있는 포장마차에서 맛이라고는 눈곱만큼도 없는 초밥을 먹으며(그 사람 이름은 떠오르지 않지만 그날 먹은 초밥이 지독하게 맛없었다는 사실만은 어찌된 일인지 또렷하게 기억에 남아 있습니다. 빡빡머리에 구렁이 같은 얼굴의 포장마차 주인이 고개를 경망스럽게 흔들며 꽤 실력 있는 요리사인 듯 거들먹거리면서 조물조물 초밥을 만들던 모습도 눈앞에 보이는 듯 선명하게 떠오릅니다. 그 모습이 얼마나 깊이 각인되었던지 몇 년이 지나 전차에서 한 남자를 보고 어디서 본 얼굴이라고 생각했다가 그 주인을 떠올리고는 '뭐야? 그 사람이잖아' 하고 쓴웃음을 지은 적이 두세 번 있었습니다. 지금은 주인 이름도, 생김새도 기억에서 멀어졌지만 그래도 당시의 초밥과 그 얼굴만큼은 그림으로 그려 보일 수 있을 정도로 정확하게 기억하는데, 그러고 보면 그때 먹은 초밥이 어지간히 맛이 없었던 모양입니다. 좀 심하게 말하면 그 초밥은 내게 추위와 고통만 안겨주었을 뿐입니다. 나는 지금껏 맛있는 초밥집이라고 소문이 자자한 식당에 따라가서 초밥을 먹었다가 맛있다고 느낀 적이 한 번도 없습니다. 크기부터 내게는 너무 컸습니다. 초밥을 먹을 때마다 엄지손가락 정도의 크기로 만들어줄 수는 없나 하고 생각하곤 했습니다) 그 여자를 기다렸습니다.

그 여자는 혼조에 있는 어느 목수 집 2층에 세 들어 살고 있었습니다. 나는 그 2층에 가서 평소 내 우울한 마음을 그대로 내보이며 아주 심한 치통을 앓는 듯 한쪽 손으로 턱을 괸 채 조용히 차를 마셨습니다. 여자는 그런 내 모습마저 마음에 들었던 모양입니다. 그 여자도 초겨울의 차가운 바람이 휘몰아치고 낙엽이 휘날리는 주위 분위기에 아주 잘 어울리는 고독한 느낌을 내뿜는 여자였습니다.

함께 자면서 그 여자가 나보다 두 살 위고 기혼이며 고향이 히로시마라는 걸 알게 되었습니다. 작년 봄에 이발소를 운영하던 남편과 함께 집을 나와 도쿄로 노망쳐 왔는데, 남편은 도쿄에서 변변한 직업을 구하지 못한 채 소일하다 사기죄로 형무소에 들어갔다고 했습니다.

"날마다 이런저런 필요한 물건과 먹을 걸 들고 형무소를 들락거렸어. 하지만 내일부터는 그만할래."

그 여자는 그런 이야기를 늘어놓았습니다. 하지만 나는 여자의 신세타령 따위에는 전혀 흥미를 느끼지 못하는 체질입니다. 왜 그런지는 잘 모르겠습니다. 여자가 이야기를 풀어나가는 것이 서툴어서인지, 그러니까 이야기의 중점을 두는 방식이 잘못되어서인지 모르겠지만, 어쨌든 내 귀에는 늘 소귀에 경 읽는 소리 같았습니다.

쓸쓸하다.

여자의 천만 마디 신세타령보다 그 한마디 속삭임에 더 공감할 수 있을 것 같아 은근히 기대하곤 했지만, 세상 여자들에게서 그런 말은 단 한 번도 들어본 적 없다는 것이 놀랍기도 하고 이상하기도 합니다. 그 여자는 '쓸쓸하다'고 말하지 않았습니다. 하지만 말하지 않아도 지독한 쓸쓸함이 몸 밖으로 비어져 나와 한 뼘 정도 폭의

기류처럼 맴돌고 있어 다가가면 내 몸도 거기에 휩쓸린 나머지 내가 가진 다소 날카롭고 음울한 기류와 하나가 되어서는 '물속 바위 위에 가라앉은 낙엽'처럼 내 몸이 공포와 불안에서 멀어질 수 있었습니다.

백치 같은 매춘부들 품에 안겨 마음 놓고 잠들었던 때와는 느낌이 완전히 달랐습니다(무엇보다 그 매춘부들은 무척 명랑했습니다). 그 사기범의 아내와 함께 지낸 하룻밤 나는 이루 말할 수 없이 행복한 가운데서(이 수기 전체를 통틀어 이런 과장된 말을 아무런 거리낌 없이 긍정적으로 사용하는 일은 두 번 다시 없을 것입니다) 해방된 기분을 만끽했습니다.

하지만 단 하룻밤일 뿐이었습니다. 아침에 눈을 뜨고 일어나 보니 나는 경박하고 가식적인 어릿광대로 돌아와 있었습니다. 겁쟁이는 행복조차 두려워합니다. 겁쟁이는 목화솜으로도 상처를 받습니다. 행복에 상처를 받기도 합니다. 상처받기 전에 그 모습 그대로 헤어지고 싶은 조급한 마음에 나는 어릿광대짓으로 연막을 쳤습니다.

"돈 떨어지면 인연도 떨어져나간다는 말이 있지. 그런데 그것은 반대로 해석해야 돼. 돈이 떨어지면 여자에게 차인다는 뜻이 아니라고. 남자는 돈이 떨어지면 지레 의기소침해져서 칠칠치 못해지고 웃어도 힘없이 웃으며 묘하게 비뚤어져 결국에는 될 대로 되라는 심정으로 여자를 차버리는 거야. 반쯤 미쳐서 차고 또 차서 끝내 나가떨어지게 하는 거지. 가네자와 대사전을 보면 그런 내용이 나와. 아무튼 안타까워. 나도 그 마음 알아."

아마도 그런 식으로 말도 안 되는 말을 해서 쓰네코를 웃겼던 것으로 기억합니다. 나는 '오래 붙어 있으면 안 된다, 걱정거리만 생길 뿐이다'라고 생각하며 세수도 하지 않은 채 도망치듯 그 집에서 나왔습니다. 그런데 '돈 떨어지면 인연도 떨어져나간다'고 별다른 생각 없이 지껄인 말이 나중에 뜻밖의 걸림돌이 되었습니다.

그 뒤 한 달 동안 나는 그날 밤의 은인을 만나지 않았습니다. 헤어지고 나서 웬만큼 시간이 지나자 기쁨은 점점 희미해지고 일시적으로 은혜를 입은 일이 두렵게 느껴지면서 나를 제멋대로 구속하기 시작했습니다. 카페에서 쓰네코에게 술값을 전부 계산하게 한 일도 자꾸만 신경 쓰였습니다. 쓰네코도 하숙집 딸이나 여자고등사범학교 누나와 마찬가지로 나를 괴롭힐 여자처럼 생각되어 물리적으로 멀리 떨어져 있음에도 끊임없이 두려웠습니다. 더욱이 나는 함께 잔 여자를 다시 만나면 내게 불같이 화를 내지 않을까 싶어 다시 만나는 것을 몹시 꺼렸는데, 그렇기 때문에도 점점 더 긴자를 멀리했습니다.

하지만 내가 교활해서 그런 행동을 한 것은 아닙니다. 여자라는 존재는 남자와 잘 때와 아침에 일어났을 때를 티클만큼도 연관 짓지 않고 완전히 망각한 듯 두 세계를 완벽하게 단절한 채 살아간다는 불가사의한 현상을 제대로 이해하지 못했기 때문에 그 같은 행동을 한 것입니다

11월 말, 나는 호리키와 간다에 있는 포장마차에서 싸구려 술을 마셨습니다. 그런데 이 못된 친구는 포장마차를 나와서도 어디 가서 한잔 더 하자며 나를 다그쳤습니다. 우리 수중에는 돈이 없는데도 자꾸 마시자고 고집을 피웠습니다. 술을 마셔서 대담해졌기 때문에 나는 이렇게 말했습니다.

"좋아, 그렇게 원하면 꿈나라로 데려가주지. 놀라지 마. 주지육림이라는 …."

"카페야?"

"그래."

"가자!"

우리 둘은 곧바로 전차를 탔습니다. 호리키는 잔뜩 들떠 있었습니다.

"오늘 밤 여자에 굶주렸어. 여종업원한테 키스해도 되지?"

나는 호리키가 주정 부리는 것을 좋아하지 않았습니다. 호리키도 그 사실을 알기 때문에 내가 자기 생각에 동조하기를 바랐던 것입니다.

"알았어? 키스할 거라고. 내 옆에 앉은 여자한테 꼭 키스하고 말 거야. 그래도 상관없지?"

"상관없어."

"고마워! 나는 지금 여자에 몹시 굶주렸거든."

긴자 4번가에서 전차를 내려 주지육림이라는 커다란 카페에 쓰네코의 이름을 대고는 거의 무일푼으로 들어갔습니다. 우리가 비어 있는 칸막이 좌석에 앉자마자 쓰네코와 한 명의 여자 종업원이 달려왔습니다. 종업원은 내 옆에 앉았는데, 쓰네코가 호리키 옆에 앉는 것을 보고 놀라지 않을 수 없었습니다. 조금 있으면 녀석이 쓰네코의 입술을 빼앗겠군.

그렇다고 분하지는 않았습니다. 나는 원래 소유욕 같은 것이 별로 없는 사람이었으니까요. 분한 마음이 살짝 들어도 소유권을 단호히 주장하며 남과 다툴 정도의 힘이 내게는 없었습니다. 훗날 내

연의 여자가 다른 남자에게 능욕당하는 장면을 묵묵히 바라본 적도 있었을 정도입니다.

나는 사람들의 다툼에 가능한 한 관여하고 싶지 않았습니다. 그 소용돌이에 휘말리는 것이 두려웠습니다. 쓰네코와는 하룻밤을 함께 보낸 사이일 뿐이었습니다. 쓰네코는 내 것이 아닙니다. 다른 녀석이 쓰네코의 입술을 어떻게 한다고 해서 분하다느니 어쩌니 생각하는 것은 주제넘은 욕심입니다. 그럼에도 흠칫 놀랄 수밖에 없었습니다.

눈앞에서 호리키의 맹렬한 키스 세례를 받을 쓰네코의 처지가 딱했기 때문입니다. 호리키에게 더럽혀진 쓰네코와는 헤어질 수밖에 없을 것 같았습니다. 더욱이 내게는 쓰네코를 붙잡을 만한 뜨거운 열정도 없었습니다. 하지만 '아, 이제 이것으로 끝이구나' 하고 쓰네코의 불행에 한순간 놀랐다가도 금세 마음을 바꾸고 호리키와 쓰네코의 얼굴을 번갈아 바라보며 히죽히죽 웃었습니다.

그런데 사태는 생각지도 못한 방향으로 아주 나쁘게 전개되었습니다.

"그만둘래! 아무리 여자에 굶주렸어도 이런 궁상맞은 여자와는…."

호리키가 갑자기 입을 비쭉거리더니 질렸다는 듯 팔짱을 낀 채 쓰네코를 아래위로 훑어보며 쓴웃음을 지었습니다.

"술 좀 더 가져오지. 돈은 없어."

나는 쓰네코한테 조그맣게 속삭였습니다. 그야말로 술에 빠져 죽고 싶었습니다. 이른바 속물의 눈으로 보자면, 쓰네코는 술에 취한 사람의 키스조차 받을 가치가 없을 정도로 초라하고 궁상맞은 여자였습니다. 아무튼 호리키의 말에 벼락을 맞은 것 같은 느낌이 들었습니다. 나는 난생처음이라고 할 만큼 계속 술을 퍼마셨습니다. 그러고는 잔뜩 취한 채 흔들거리며 쓰네코와 마주 보고 서글프게 웃었습니다.

그런데 호리키 말을 듣고 보니, 쓰네코는 어딘지 피곤하고 궁상맞은 여자가 맞다는 생각이 들면서 돈 없는 사람끼리의 동질감(부자와 가난한 자의 불화는 진부하기는 하지만 드라마의 영원한 테마 가운데 하나라고 생각합니다)이 가슴 가득 차올라서 쓰네코가 사랑스럽게 느껴졌습니다. 게다가 태어나서 처음으로 미약하나마 적극적인 사랑의 마음이 꿈틀거리는 것을 깨달았습니다. 그러다 어느 순간 토했습니다. 정신을 차릴 수 없었습니다. 술을 마시고 그처럼 나를 잃을 정도로 취했던 것은 그때가 처음이었습니다.

눈을 떠보니 머리맡에 쓰네코가 앉아 있었습니다. 내가 혼조의 목수 집 2층 방에 누워 있었던 것입니다.

“돈 떨어지면 인연도 떨어져나간다는 말, 농담인 줄 알았는데 진담이었나 봐. 여기에 오지 않던데. 인연을 끊는 것도 까다롭게 끊으려 하네. 내가 돈을 벌어도 안 되나?”

“안 돼.”

그러고 나서 여자도 자리에 누웠습니다. 그런데 동틀 무렵 여자 입에서 ‘죽음’이라는 단어가 처음 나왔습니다. 여자도 인간으로 살아가는 일에 지칠 대로 지친 듯 보였습니다. 나 또한 세상에 대한 공포, 번거로움, 돈, 지하운동, 여자, 학업 등을 생각하니 더는 힘을 내어 버티고 살아갈 자신이 없었기 때문에 그 사람의 제안을 순순히 받아들였습니다.

하지만 그때는 '죽자'는 각오가 아직 마음속에 진지하게 자리를 잡지 않았습니다. 어딘가에 '장난기'가 숨어 있었던 것입니다.

그날 오전 우리 두 사람은 아사쿠사 6구를 돌아다니다 찻집에 들어가서 우유를 마셨습니다.

"당신이 내요."

그 말에 나는 자리에서 일어나 소맷자락에 넣어둔 지갑을 꺼내 열었습니다. 동전 세 닢뿐이었습니다. 부끄럽다기보다 비참한 기분이 들었습니다. 순간 머리에 떠오른 것은 교복과 이불만 덩그러니 남아 있을 뿐, 더 이상 전당포에 맡길 만한 물건조차 없는 센유칸의 황량한 내 방이었습니다. 내가 가진 것이라고는 지금 입고 있는 허름한 옷과 망토가 전부라고 생각하니 더는 살아갈 수 없다는 사실을 분명하게 깨달았습니다.

내가 머뭇거리자 여자도 자리에서 일어나 내 지갑을 힐끗 들여다보았습니다. 그러고는 이렇게 물었습니다.

"어머, 이것뿐이야?"

무심한 목소리였습니다만, 뼛속 깊이 파고들어 아픔을 주었습니다. 난생처음으로 사랑한 사람의 목소리였던 만큼 아픔이 컸습니다. 이것뿐이든 그것뿐이든 그런 것은 문제 되지 않았습니다. 동전 세 닢, 이것은 돈이라고 할 수 없었습니다. 문제는 일찍이 맛본 적 없는 기묘한 굴욕이었습니다. 살아갈 수 없을 만큼 너무나 큰 굴욕이었습니다. 당시 나는 아직 부잣집 도련님이란 틀에서 완전히 벗어나지 못했던 것입니다. 그때 스스로 죽어야 한다고 느끼고는 각오를 다졌습니다.

그날 밤 우리는 가마쿠라의 바닷물에 몸을 던졌습니다. 여자는 가게에서 함께 일하는 친구에게 빌린 기모노 허리띠라며 그것을 풀어 반듯하게 접더니 바위 위에 올려놓았습니다. 나도 망토를 벗어 그 옆에 놓고는 함께 물에 뛰어들었습니다.

여자는 죽었습니다. 나만 살아났습니다.

내가 고등학생인 데다 아버지의 이름도 웬만큼 뉴스거리가 될 만했는지 신문에서 꽤 큰 사건으로 다룬 것 같았습니다.

나는 바닷가 병원에 입원했습니다. 고향에서 친척 한 명이 급히 올라와 갖가지 일을 처리해주었습니다. 그 친척은 아버지를 비롯해 온 집안사람들이 격노했기 때문에 어쩌면 이 일로 가족과 영원히 의절하게 될지도 모른다는 말을 전하고 돌아갔습니다.

나는 그런 일을 당할까 봐 두렵기보다는 죽은 쓰네코가 보고 싶어 훌쩍훌쩍 울기만 했습니다. 그때까지 만난 사람들 가운데 궁상맞은 쓰네코만 진심으로 좋아했던 모양입니다.

하숙집 딸이 짧은 시를 죽 이어 붙인 편지를 보내왔습니다. "살아줘요"라는 희한한 말로 시작하는 시가 무려 50편이나 되었습니다. 이따금 간호사들이 환하게 웃으며 내 병실에 놀러 오곤 했습니다. 그 가운데 몇몇은 내 손을 꼭 잡았다가 돌아갔습니다.

왼쪽 폐에 문제가 있다는 사실을 그 병원에서 알게 되었습니다. 그런데 그것이 내게는 아주 좋은 쪽으로 작용했습니다. 얼마 지나지 않아 나는 자살방조죄라는 죄명으로 병원에서 경찰서로 넘겨졌지만, 경찰들은 나를 환자로 분류해 특별히 보호실에 머물도록 했습니다.

어느 늦은 밤, 보호실 옆 숙직실에서 나를 감시하던 늙은 경찰이 문을 살짝 열고 나지막이 불렀습니다.

"어이!"

그러고는 이렇게 말했습니다.

"춥지? 이리 나와서 불 좀 쬐."

나는 일부러 내키지 않는 표정을 지으며 숙직실로 들어가서 의자에 앉아 화롯불에 몸을 녹였습니다.

"죽은 여자 보고 싶지?"

"네."

이번에도 일부러 기어드는 목소리로 힘없이 대답했습니다.

"그래, 그게 바로 정이라는 거야."

그런데 그는 점점 대담해졌습니다.

"처음으로 여자랑 관계를 가졌던 곳은 어디야?"

그는 마치 재판관이라도 되는 양 거드름을 피우며 물었습니다. 나를 어리다고 깔보고 가을밤의 지루함을 달래기 위해 취조 반장이라도 되는 듯 나한테서 외설적인 이야기를 끄집어내려는 속셈인 것 같았습니다. 나는 곧바로 그 점을 눈치채고 터져나오려는 웃음을 애써 참았습니다.

경찰의 그 같은 '비공식적 심문'에는 아예 대답하지 않아도 된다는 사실 정도는 익히 알고 있었습니다. 그래도 긴 가을밤 흥을 돋우기 위해 그 경찰이 취조 반장이고 어떤 형벌을 내릴지 결정하는 것도 그의 뜻에 달렸다고 굳게 믿는다는 성의를 보이며 그의 음탕한 호기심을 얼마쯤 충족시켜줄 정도로 적당한 수준의 '진술'을 했습니다.

"그래, 무슨 사정인지는 대충 알겠어. 솔직하게 털어놓으면 우리 쪽에서도 그 점을 참작할 거야."

"감사합니다. 잘 부탁드립니다."

거의 신들린 듯한 연기였습니다. 하지만 내게는 득 될 것 하나 없는 열연이었습니다.

날이 밝자 나는 서장에게 불려갔습니다. 이번에는 정식 취조였습니다.

문을 열고 서장실에 들어가자마자 서장이 말했습니다.

"제법 잘생긴 청년이군. 이건 자네 잘못이 아니야. 잘못은 자네를 미남으로 낳아준 자네 어머니에게 있어."

서장은 대학을 나온 것 같은 느낌이 드는, 얼굴이 가무잡잡한 젊은 사람이었습니다. 생각지도 않은 말을 듣자 얼굴 한쪽이 붉은 반점으로 뒤덮인 흉측한 사람이 되어버린 듯 비참한 기분이 들었습니다.

유도나 검도 선수 같은 서장의 취조는 그야말로 시원시원했습니다. 깊은 밤 늙은 경찰의 은밀하면서도 집요하고 음탕하기까지 한 '취조'와는 하늘과 땅만큼 차이 났습니다. 심문이 끝나고 서장은 검사국에 보낼 서류를 정리하며 이렇게 말했습니다.

"무엇보다 몸이 튼튼해야 해. 듣자 하니 가래에 피가 섞여 나온다며?"

그날 아침 이상하게 기침이 계속 나왔고, 그때마다 손수건으로 입을 막았습니다. 그런데 붉은 싸락눈이 내린 것처럼 손수건에 피가 묻어 있었습니다.

그것은 목에서 나온 피가 아니었습니다. 전날 밤 귀밑에 자그마한 종기가 생겨 건드렸는데, 거기서 나온 피였습니다.

하지만 사실대로 말하지 않는 편이 나을 것 같다는 생각이 들었습니다. 나는 눈을 내리깔고 귀염성 있게 대꾸했습니다.

"네."

서장은 서류 작성을 마친 뒤 이렇게 말했습니다.

"기소가 될지 어떨지는 검사가 결정할 일이야. 네 신원을 인수할 사람에게 전보를 보내거나 전화를 해서 오늘 요코하마 검사국에 와달라고 부탁하는 편이 좋을 거야. 네 보호자나 보증인이 될 사람이 누군가 있지 않겠어?"

아버지의 도쿄 집에 자주 드나들던 시부타라는 서화 골동품 상인이 생각났습니다. 우리 고향 사람으로, 아버지 비위를 맞추곤 하던 땅딸막한 40대 독신 남자인 그는 내 학교 보증인이기도 했습니다. 그 남자의 얼굴, 그중에서도 특히 눈매가 넙치를 닮아서 아버지는 언제나 그를 넙치라 불렀고, 나도 아버지를 따라 그렇게 부르곤 했습니다.

나는 경찰에게 전화번호부를 빌려 넙치 씨네 전화번호를 찾았습니다. 그러고는 넙치 씨에게 전화를 걸어 요코하마 검사국으로 와달라 부탁했습니다. 넙치 씨는 사람이 달라진 듯 거만한 말투였지만, 그래도 어쨌거나 부탁을 들어주겠다고 했습니다.

"어이, 그 전화기 지금 당장 소독해. 가래에 피가 섞여 나온다잖아."

나를 내보낸 뒤 서장이 경찰들에게 지시하는 말소리가 보호실에 돌아와 앉아 있는 내 귀에까지 들렸습니다.

정오가 조금 지났을 무렵 나는 가느다란 삼노끈으로 묶였는데, 그것을 망토로 가려도 된다는 허락을 받았습니다. 젊은 경찰은 삼노끈 끄트머리를 단단히 쥔 채 나를 전차에 태웠습니다. 우리가 탄 전차는 요코하마로 향했습니다.

하지만 조금도 불안하지 않았습니다. 오히려 경찰 보호실과 늙은 경찰이 그리웠습니다. 도대체 나는 왜 이러는 것일까요? 죄인으로 결박당하자 희한하게 마음이 놓이고 느긋해졌습니다. 그때를 회상하며 글을 쓰는 지금도 마음이 편안하고 즐거운 기분이 듭니다.

그 시절 그리운 추억 가운데서도 단 한 가지, 식은땀이 날 만큼 평생 잊을 수 없는 비참한 실수가 있었습니다. 나는 검사국의 어두컴컴한 방에서 검사한테 간단한 조사를 받았습니다. 검사는 마흔 살 안팎으로 차분한 데다(내 얼굴이 아무리 잘생겼다고 해도 음탕한 아름다움에 불과했을 테지만, 검사의 얼굴에는 반듯한 아름다움이라고 할 정도로 총명하고 평온한 기운이 서려 있었습니다) 사소한 일에 얽매이지 않는 성품이 엿보여서 나 또한 전혀 경계하지 않고 무심하게 진술을 이어나갔습니다.

그런데 갑자기 기침이 나와 소매에서 손수건을 꺼냈습니다. 그러고는 손수건에 묻은 피를 보았는데, 이 기침이 무언가 도움이 될지도 모른다는 생각이 퍼뜩 들었습니다. 나는 잔꾀를 부려 두어 번 콜록콜록 가짜 기침을 요란스럽게 한 뒤 손수건으로 입을 가린 채 검사의 얼굴을 흘끗 바라보았습니다. 그 순간이었습니다.

"진짜야?"

검사가 살며시 미소 지으며 물었습니다. 식은땀이 주르륵 흘렀습니다. 그때의 심정이 어땠는지 지금 생각해도 너무 수치스러워 몸 둘 바를 모르겠습니다.

중학생 시절 그 멍청한 다케이치가 내 등을 쿡 찌르며 "일부러 그런 거지?" 하고 속삭였을 때 지옥으로 내던져지는 듯했는데, 당시 느꼈던 기분 이상이라 해도 결코 지나친 말은 아닐 거라고 생각합니다.

그때의 일과 이번 일, 이 두 가지는 내 생애의 연기 가운데 최대의 실패작으로 기록될 것입니다. 검사에게 온화한 멸시를 받을 바에는 차라리 10년 형을 선고받는 편이 좋았을 것이라는 생각이 이따금 들 정도입니다.

나는 기소유예 처분을 받았습니다. 하지만 조금도 기쁘지 않았습니다. 기쁘기는커녕 오히려 비참한 기분에 사로잡힌 채 검사국 대기실 벤치에 앉아서 신원 인수인인 넙치 씨가 오기를 기다렸습니다.

등 뒤의 높은 벽에 뚫린 창으로 노을에 물든 하늘이 보였습니다. 갈매기가 '여女' 자와 비슷한 모양으로 하늘을 날고 있었습니다.

세 번째 수기

1

다케이치가 내뱉은 예언 가운데 하나는 맞고 하나는 빗나갔습니다. 여자들이 나한테 홀릴 거라는 다소 명예롭지 못한 예언은 맞았습니다. 하지만 훌륭한 화가가 될 거라는 축복과도 같은 예언은 빗나갔습니다.

나는 그저 조잡한 잡지에 어설픈 만화를 싣는 이름도 실력도 없는 만화가가 되었을 뿐입니다.

가마쿠라 사건으로 고등학교에서 퇴학을 당한 나는 넙치 씨네 집 2층의 다다미 석 장짜리 방에서 살게 되었습니다. 고향 집에서 매달 아주 적은 액수의 돈을, 그것도 내게 직접 보내는 것이 아니라 넙치 씨 앞으로 부치는 모양이었습니다. 더구나 그 돈은 아버지 몰래 형제들이 보내는 것 같았습니다. 아무튼 그 돈을 받는 것을 제외하고 고향 집과의 연줄은 완전히 끊어져버렸습니다.

넙치 씨는 늘 기분이 언짢아 보였습니다. 내가 환심을 사려고 웃어도 아무런 반응을 보이지 않았습니다. 인간이란 존재는 이토록 간단히 그야말로 손바닥 뒤집듯 변할 수 있는 것인가 하고 한심스럽게, 아니 우스꽝스럽게 생각될 정도로 완전히 달라진 그는 이렇게만 말할 뿐이었습니다.

"나가면 안 돼요. 무슨 일이 있어도 나가지 마세요."

넙치 씨는 내가 자살할지도 모른다고 생각했는지 외출을 엄하게 금지했습니다. 내가 여자를 뒤따라 또 바다에 뛰어들 수 있다고 생각했던 모양입니다. 하지만 술도 못 마시고 담배도 피우지 못한 채 아침부터 밤까지 오로지 2층 다다미 석 장짜리 방에서 고타쓰[11] 속으로 들어가 낡은 잡지 따위를 읽으며 바보 같은 생활을 하는 내게는 자살할 기력조차 없었습니다.

넙치 씨네 집은 오쿠보의 의학전문학교 근처에 있었습니다. '서화 골동상 청룡원'이라는 간판 글씨는 멋을 부려 쓴 만큼 제법 위엄 있어 보였지만, 두 세대가 사는 건물의 반을 차지한 가게는 입구가 좁은 데다 가게 안은 먼지투성이에 변변치 않은 잡동사니만 전시되어 있었습니다. 언뜻 보기에 넙치 씨는 가게의 물건을 가지고 장사를 하는 것이 아닌 듯했습니다. 이쪽 나라의 값비싼 비장품을 저쪽 나라에 소유권을 넘길 때 일종의 거간 노릇을 하며 돈을 버는 것 같았습니다. 넙치 씨는 거의 매일 아침 속을 알 수 없는 표정을 지으며 서둘러 가게를 나섰습니다. 가게에 앉아 있는 모습은 거의 볼 수가 없었습니다.

11 나무틀에 화로를 넣고 그 위에 이불이나 포대기 등을 씌운 난방 기구로, 겨울철 무릎과 발을 따뜻하게 하기 위해 사용한다.

가게는 열일고여덟 살 먹은 점원 아이 혼자서 지켰습니다. 이 녀석은 나를 감시하는 보초인 셈인데, 틈만 나면 주변 아이들과 밖에서 캐치볼 같은 것을 하느라 가게를 비웠습니다. 그러면서도 2층 손님을 바보나 정신병자쯤으로 생각하는지 내게 어른의 훈계 비슷한 잔소리를 해댔습니다. 나는 사람들과 말다툼을 하지 못하는 성격이라서 피곤하고 때로는 감탄하는 듯한 표정을 지으며 녀석의 말을 다소곳이 듣고 순순히 따랐습니다.

그런데 점원 아이는 시부타 씨의 숨겨둔 아들이었습니다. 시부타 씨는 그만한 사정이 있어서 아이와 부자지간이라는 사실을 밝히지 않고 있습니다만, 그가 여전히 독신인 것도 무언가 그와 관련된 이유가 있기 때문인 듯했습니다. 예전에 집안사람들한테 시부타 씨에 관한 소문을 언뜻 들은 것 같기는 합니다. 하지만 나는 다른 사람의 신상에 관심이 없는 편이라 자세한 사정은 전혀 모릅니다.

다만 그 점원 아이의 눈매에도 생선을 떠올리게 하는 부분이 엿보여서 어쩌면 넙치 씨의 숨겨둔 자식일지도…. 그렇다면 두 사람은 정말로 쓸쓸한 아버지와 아들일 터였습니다. 둘은 밤늦게 2층의 나 몰래 메밀국수 같은 것을 배달시켜 대화 한마디 나누지 않고 먹은 적이 있었기 때문입니다.

넙치 씨네 집에서는 그 점원 아이가 요리를 도맡아 했습니다. 그런데 2층에 얹혀사는 식객에게는 직접 쟁반에 음식을 담아 하루 세 끼를 꼬박꼬박 가져다주었고, 넙치 씨와 점원 아이는 계단 아래 다다미 넉 장 반짜리 음침한 방에서 달그락달그락 그릇 부딪는 소리를 내며 급하게 식사를 했습니다.

3월 말 어느 저녁 무렵이었습니다. 넙치 씨가 생각지도 못한 돈

벌이가 생겼는지, 아니면 무언가 꿍꿍이가 있는지(이 두 가지 추측이 모두 들어맞았다 하더라도, 어쩌면 나로서는 짐작도 할 수 없는 아주 사소한 이유가 몇 가지 더 있었을지 모르겠지만) 웬일로 술병까지 놓인 아래층 식탁으로 나를 불렀습니다. 그러고는 넙치가 아닌 참치회를 대접하는 데 대해 본인 스스로 감탄하고 칭찬을 하더니 우두커니 앉아 있는 식객에게도 술을 몇 잔 권하고는 이렇게 물었습니다.

"도대체 앞으로 어떻게 할 작정입니까?"

나는 넙치 씨 질문에 아무런 대답도 하지 않고 식탁 위 접시에서 정어리포를 집어 들었습니다. 그러고는 그 자그마한 생신의 은빛 눈알을 가만히 바라보았습니다. 그러자 취기가 오르면서 여기저기 놀러 다니던 시절이 그리울 뿐 아니라 호리키조차 그리워지고, 정말이지 '자유'가 애타게 그리워져서 그만 소리 죽여 흐느낄 뻔했습니다.

이 집에 오고 나서는 어릿광대짓을 할 의욕마저 잃은 채 넙치 씨와 점원 아이의 멸시 어린 눈빛을 받으며 살아야 했습니다. 넙치 씨도 나와 마음을 터놓고 긴 이야기 나누는 것을 꺼리는 눈치였습니다. 나 또한 넙치 씨에게 매달리며 속마음을 털어놓고 싶지는 않았기 때문에 이래저래 멍청한 식객으로 있을 수밖에 없었습니다.

"기소유예라는 건 전과 몇 범이라든지 하는 것과 상관없는 모양입니다. 그러니까 마음을 어떻게 먹느냐에 따라 인생을 새롭게 살 수 있다, 이 말입니다. 마음을 단단히 고쳐먹고 먼저 그쪽에서 진지하게 의논해 온다면 나도 생각해보겠습니다."

넙치 씨의 말투에는, 아니 이 세상 모든 사람의 말투에는 이처럼 쓸데없이 까다롭고 어딘지 분명하지 않아서 여차하면 발뺌하려는 미묘하고 복잡한 구석이 있었습니다. 나는 거의 쓸모가 없는데도 엄중하게 경계하며 수없이 많은 술책에 늘 어쩔 줄 모른 채 될 대로 되라는 식의 반쯤 포기한 상태에서 어릿광대짓으로 적당히 얼버무리거나 말없이 고개를 끄덕임으로써 모든 것을 상대방에게 맡기는, 말하자면 패배자의 태도를 취했습니다.

나중에 알았지만 이때도 넙치 씨가 사실만 간단하게 말하면 그것으로 끝날 일이었습니다. 넙치 씨의 불필요한 조심스러움, 아니 세상 사람들의 허세와 체면치레를 이해할 수 없어서 무어라 표현하기 어려운 울적한 기분이 들었습니다.

그때 넙치 씨는 이렇게 말해야 했습니다.

"공립이든 사립이든 상관없으니 4월에는 학교에 들어가세요. 학교에 들어가면 생활비는 고향에서 좀 더 넉넉하게 보내준다고 했습니다."

훨씬 나중에야 알았는데, 사실은 이미 그렇게 하기로 되어 있었습니다. 그런 줄 알았다면 나도 그 말을 따랐을 것입니다. 조심성이 지나치게 많아 쓸데없이 빙빙 돌려 말하는 넙치 씨의 말투 탓에 일이 묘하게 뒤틀려서 내가 살아가는 방향도 완전히 바뀌어버렸습니다.

"진지하게 의논할 마음이 없다면 나로서도 어쩔 수 없지만요."

"뭘 의논하는데요?"

무슨 의논을 한다는 것인지 나는 정말로 감조차 잡을 수 없었습니다.

"그거야 그쪽 마음속에 있겠지요."

"예를 들면요?"

"예를 들면요? 당신 앞으로 어떻게 할 생각이냐는 겁니다."

"일을 하는 편이 나을까요?"

"그게 아니라, 당신은 어떤 마음을 먹고 있냐고요?"

"그야 학교에 들어간다고 해도…."

"물론 돈이 필요하지요. 하지만 문제는 돈이 아니에요. 당신 마음이 중요합니다."

돈은 고향에서 보내오기로 되어 있다는 한마디를 왜 하지 않았던 것일까요? 그 한마디만 하면 나도 마음을 정했을 텐데 말입니다. 도무지 영문을 알 수 없었습니다.

"어때요? 뭔가 장래 희망 같은 거라도 있나요? 사람 하나 보살피는 게 얼마나 힘든지 보살핌을 받는 쪽은 모를 겁니다."

"죄송합니다."

"정말 걱정입니다. 내가 당신을 보살피기로 한 이상 당신도 어중간한 마음으로 살지 않았으면 합니다. 훌륭하게 새 출발을 하겠다는 각오쯤은 보여주었으면 좋겠어요. 가령 장래 계획에 대해 진지하게 이야기를 나누고 싶다고 하면 나도 거기에 응할 마음이 있습니다. 하긴 이 가난뱅이 넙치가 돕는 거라서 예전처럼 풍족한 생활을 바란다면 당연히 기대에 어긋나겠지요. 하지만 마음을 굳게 먹고 장래 계획을 분명히 세워서 내게 의논해 온다면, 미력하나마 당신의 새로운 삶을 도울 용의가 있습니다. 내 마음 알겠어요? 도대체 앞으로 어떻게 할 생각입니까?"

"여기 2층에 더 이상 있을 수 없다면, 일을 해서…."

"진심으로 하는 말이에요? 요즘 같은 세상에는 천하의 제국대학을 나와도…."

"아뇨, 샐러리맨이 되겠다는 게 아니에요."

"그럼 뭡니까?"

"화가요."

나는 마음을 다잡고 그렇게 내뱉었습니다.

"뭐라고요?"

그때 목을 움츠리고 웃던 넙치 씨의 얼굴에 드러난 교활한 그림자를 지금도 잊을 수 없습니다. 경멸하는 것 같으면서도 그것과는 어딘지 모르게 다른 느낌이었습니다. 바다에 비유하자면, 천 길 깊은 바닷속에 그런 기묘한 그림자가 어른거리고 있을 것 같았습니다. 무언가 어른들의 삶, 그 깊은 밑바닥을 살짝 드러내는 듯한 웃음 같기도 했습니다.

"그런 식으로 나오면 더는 말할 게 없네요. 전혀 정신을 못 차렸군요. 잘 생각해봐요. 오늘 밤을 새워서라도 진지하게 생각해보라고요."

나는 넙치 씨의 이 말을 듣고 쫓기듯 2층으로 올라왔습니다. 그러고는 자리에 누웠지만 딱히 생각할 만한 것이 떠오르지 않았습니다. 결국 새벽이 되자 나는 넙치 씨네 집에서 도망쳐 나왔습니다.

'저녁까지 반드시 돌아오겠습니다. 옆에 적어놓은 친구 집에서 장래 계획에 대해 의논하고 올 테니까 조금도 걱정하지 마세요. 정말입니다.'

나는 종이에 연필로 이런 글을 커다랗게 쓴 뒤 아사쿠사에 사는 호리키 마사오의 주소와 이름을 적어놓고 살그머니 넙치 씨네 집을 빠져나왔던 것입니다.

넙치 씨에게 잔소리를 들은 게 분해서 도망쳤던 것은 아닙니다.

넙치 씨 말대로 정신을 못 차린 탓에 장래 계획이고 뭐고 생각할 줄을 모른 데다 넙치 씨네 집에 얹혀사는 것이 그 사람에게 짐이 되는 일이라 미안한 터에 내게 분발하려는 마음이 생겨 뜻을 세운다 해도 새로운 삶을 위한 자금이 필요할 텐데 그것을 넙치 씨에게 매달 원조받아야 한다고 생각하니 괴로워서 도저히 견딜 수 없었기 때문입니다.

나는 이른바 '장래 계획'을 호리키 같은 녀석과 진심으로 의논하기 위해 넙치 씨 집을 나온 것이 아니었습니다. 그저 잠시라도, 아주 잠깐만이라도 넙치 씨를 안심시키고 싶었는데, 때마침 기억의 밑바닥에서 호리키의 주소와 이름이 떠올라 편지 한 귀퉁이에 적었을 뿐입니다. 틈을 노려 조금이라도 더 멀리 도망치고 싶은 마음에 탐정소설 같은 수법으로 그런 편지를 써두었다기보다는, 솔직히 말하면 그런 기분이 들었던 것도 사실이지만 그보다는 넙치 씨에게 느닷없이 충격을 가해 그를 혼란에 빠뜨림으로써 당황하게 하는 것이 두려웠다고 말하는 편이 좀 더 정확할지도 모르겠습니다.

어차피 들통나고 말 텐데도 솔직하게 말하는 게 두려워 꼭 무언가 꾸며서 덧붙이려는 것 또한 내 애처로운 버릇 가운데 하나입니다. 이는 세상 사람들이 '거짓말쟁이'라고 부르며 멸시하는 것과 다를 바 없겠지만, 나는 결코 어떤 이득을 노리고 그럴듯하게 꾸며서 덧붙인 적은 거의 없습니다. 다만 흥이 깨져 분위기가 한순간에 확 바뀌는 게 숨 막힐 듯 두려운 나머지 나중에 내게 불이익이 되어 돌아오리라는 사실을 뻔히 알면서도, 그것이 설령 왜곡되거나 하찮고 한심해 보일지라도 '필사적인 서비스'를 하려는 마음에서 나도 모르게 한마디 덧붙이는 경우가 많았던 듯합니다. 하지만 이런 습관 역시 세상의 이른바 '정직한 사람들'에게 이용당하는 빌미가 되곤 했습니다.

나는 넙치 씨네 집을 나와서 신주쿠까지 걸어갔습니다. 가는 길에 책을 팔았는데, 그러고 나자 또다시 어떻게 해야 좋을지 몰라 멍하니 서 있었습니다. 나는 주위 사람들을 늘 살갑게 대하는 편이지만, 단 한 번도 '우정'이라는 것을 제대로 느낀 적이 없습니다. 호리키처럼 놀 때 만나는 친구를 제외하고 모든 인간관계에서 고통만 느꼈을 뿐입니다. 그 고통을 덜 느끼기 위해 필사적으로 어릿광대짓을 했습니다만, 녹초가 되어버리기 일쑤였습니다. 잠시 만나 알게 된 사람이나 그와 비슷한 사람의 얼굴이라도 길을 걷다 마주치면 흠칫 놀라고 눈앞이 캄캄할 정도로 불쾌한 전율에 사로잡히곤 했습니다. 다른 사람에게 호감을 사는 법은 알고 있어도 다른 사람에게 사랑을 주는 능력이 내게는 없었던 모양입니다. 하지만 솔직히 세상 사람들에게도 과연 '사랑'하는 능력이 있을지 의문이 듭니다.

아무튼 그런 내게 '친구다운 친구'가 생길 것 같지 않았습니다. 게다가 나는 남의 집을 '방문'하는 능력도 없었습니다. 남의 집 대문은 나한테 단테의 《신곡》에 묘사된 지옥문보다 더 께름칙했는데, 과장 하나 보태지 않고 그 문 안쪽에서 무시무시한 용처럼 비릿한 냄새를 풍기는 괴수가 꿈틀거리는 기척을 실제로 느꼈습니다.

누구와도 사귀지 않는다. 방문할 곳도 없다.

호리키.

그야말로 말이 씨가 된 꼴이었습니다. 편지에 써둔 대로 나는 아사쿠사에 사는 호리키를 찾아가기로 마음먹었습니다. 그때까지 내가 먼저 호리키네 집을 방문한 적은 한 번도 없습니다. 거의 매번 전보를 쳐서 호리키를 내 쪽으로 불러냈습니다. 하지만 지금은 전보를 칠 돈도 없는 데다 초라한 처지가 된 데 따른 비뚤어진 심사 탓에, 전보를 치는 것만으로 호리키 녀석이 나올 턱이 없다는 판단 아래 나한테는 그 어떤 것보다 고역인 '방문'을 하기로 결심하고는 한숨을 내쉬며 전차에 몸을 실었습니다. 그런데 이 드넓은 세상에 의지할 사람이라고는 호리키밖에 없다는 생각이 문득 떠오르자 등줄기가 서늘해질 정도로 처참한 기분이 들었습니다.

호리키는 집에 있었습니다. 지저분한 골목길 안에 자리한 2층집이었습니다. 호리키는 그 집 2층에 단 한 칸뿐인 다다미 여섯 장짜리 방을 썼습니다. 아래층에서는 호리키의 노부모와 젊은 직공, 이렇게 셋이서 끈을 꿰거나 망치로 두드리면서 나막신을 만들고 있었습니다.

그날 호리키는 도시 사람으로서 새로운 면을 보여주었습니다. 그것은 한마디로 약아빠진 기질이었습니다. 시골 사람인 내가 너무 놀라서 입을 떡 벌리고 눈을 휘둥그렇게 뜰 정도로 냉정하고 교활한 이기주의자였습니다. 녀석은 나처럼 시대의 흐름에 몸을 맡긴 채 그저 정처 없이 떠도는 인간이 아니었던 것입니다.

"정말 너한테 두 손 두 발 다 들었다. 아버지한테 용서는 받았어? 뭐, 아직이라고?"

차마 도망쳐 나왔다고 말할 수 없었습니다.

나는 늘 그렇듯 얼버무렸습니다. 그래봐야 호리키한테 금세 들통날 텐데도 거짓말을 섞어 적당히 둘러댔습니다.

"어떻게든 되겠지, 뭐."

"야, 웃어넘길 일이 아니잖아. 충고 하나 하겠는데, 그런 바보 같은 짓 이쯤에서 그만둬. 그렇지 않아도 나 요즘 눈코 뜰 새 없이 바빠. 오늘도 일이 있다고."

"무슨 일인데?"

"야, 그러지 마. 방석 실은 왜 자꾸 잡아 뜯는 거야?"

나는 이야기하면서 깔고 앉은 방석의 엮은 실인지 묶은 끈인지 모르지만 아무튼 네 귀퉁이에 달린 술 같은 것에서 실 한 가닥을 손가락에 감아 무의식중에 잡아당기곤 했던 모양입니다. 호리키는 자기 집 물건이라면 방석의 실 한 가닥도 아까운 듯 부끄러운 기색 하나 없이 눈을 부라리며 나를 나무랐습니다. 돌이켜보니 호리키는 지금까지 나와 사귀면서 무엇 하나 잃은 것이 없었습니다.

호리키의 노모가 단팥죽 두 그릇을 쟁반에 담아 들고 왔습니다.

"아이고, 어머니!"

호리키는 뼛속까지 효자인 것처럼 노모를 바라보고 미안해하면서 말투까지 어색할 정도로 공손하게 말했습니다.

"어머니, 죄송해요. 이건 단팥죽이군요. 어머니 덕에 호강하네요. 이렇게까지 신경 쓰시지 않아도 돼요. 저는 볼일이 있어서 곧 나가봐야 하는데, 모처럼 어머니께서 정성 들여 만들어주신 단팥죽이니 만큼 맛있게 잘 먹을게요. 어이, 너도 한 그릇 먹지 그래. 어머니가 일부러 만들어주신 거니까. 이야, 이거 정말 맛있는데요. 정말 호강합니다."

호리키가 연기를 하는 것은 아닌 듯했습니다. 그는 정말로 기뻐하면서 단팥죽을 맛있게 먹었습니다. 나도 먹어보았는데, 팥이 적은 데다 물을 섞었는지 끓인 물 냄새가 났습니다. 새알심도 먹어보니 떡이 아닌 무엇인지 모를 이상한 것이었습니다. 가난을 경멸해서 이런 식으로 말하는 것이 절대 아닙니다. 나는 그 단팥죽을 맛없다고 생각하지도 않았지만, 호리키 노모의 정성에 마음 깊이 고마움을 느꼈습니다. 나한테는 가난에 대한 두려움은 있을지언정 경멸하는 마음은 조금도 없습니다.

그때 단팥죽과 단팥죽을 두고 호들갑을 떨며 기뻐하는 호리키를 보면서 나는 도시 사람들의 알뜰한 본성을 비롯해 안과 밖을 확실하게 구분하며 생활하는 도쿄 가정의 실체를 발견했습니다. 안과 밖을 구분할 줄 모른 채 단지 인간 생활에서 끊임없이 도망치기만 하는 얼간이 같은 나는 완전히 뒤처져 호리키에게조차 버림받은 느낌이었습니다. 그저 그렇다는 이야기입니다. 그런 당황스러운 기분에 칠이 벗겨진 젓가락으로 단팥죽을 조용히 저으며 견디기 힘든 쓸쓸함을 맛보았다는 사실을 여기에 기록해두고 싶을 뿐입니다.

"이거 미안해서 어떡하지? 오늘 볼일이 좀 있는데."

호리키가 자리에서 일어나 웃옷을 걸치고는 이렇게 덧붙였습니다.

"이만 실례할게."

그때 웬 여자가 호리키를 찾아왔고, 그 바람에 내 운명이 백팔십도 바뀌어버렸습니다.

호리키의 목소리는 갑자기 활기를 띠었습니다.

"아, 죄송합니다. 그렇지 않아도 찾아뵈러 나갈 참이었는데, 이 친구가 느닷없이 찾아왔어요. 아뇨, 괜찮습니다. 어서 들어오세요."

호리키는 무척 당황한 듯 보였습니다. 내가 깔고 앉았던 방석을 빼내 뒤집어 건네자 호리키는 냉큼 잡아채더니 그것을 다시 뒤집어서 바닥에 놓고 여자 손님에게 앉으라고 권했습니다. 방에는 호리키의 방석 말고는 손님용 방석이 딱 하나만 있었습니다.

손님은 마른 몸에 키가 큰 여자였습니다. 여자는 호리키가 권한 방석을 옆으로 살짝 밀어놓고 문 옆의 구석에 앉았습니다.

나는 어리바리한 상태로 두 사람이 나누는 이야기를 들었습니다. 여자는 잡지사에서 일하는 듯했는데, 전에 호리키에게 삽화인지 뭔지 부탁한 것을 받으러 온 모양이었습니다.

"급하게 필요해서요."

"다 됐습니다. 일찌감치 완성해놓았습니다. 자, 여기 있습니다."

그때 전보가 왔습니다.

호리키는 전보를 읽었습니다. 호리키의 밝았던 얼굴이 갑자기 일그러졌습니다.

"뭐야, 이건? 너, 이거 어떻게 된 거야?"

넙치 씨에게서 온 전보였습니다.

"아무튼 너는 바로 돌아가. 내가 데려다주면 좋겠지만, 알다시피 지금은 그럴 여유가 없어. 가출한 주제에 천하태평이라니, 낯짝도 두껍군."

"댁이 어느 쪽이에요?"

"오쿠보입니다."

여자가 묻자 나도 모르게 대답이 나와버렸습니다.

"마침 잘됐네요. 회사 근처거든요."

여자는 고슈 출신으로 스물여덟 살이었습니다. 다섯 살 되는 딸과 고엔지에 있는 아파트에 산다고 했습니다. 남편과 사별한 지 3년이 되었다고도 했습니다.

"당신은 엄청 고생하며 자란 사람 같아. 딱하게도 눈치가 빠른 걸 보면 말이야."

난생처음으로 여자에게 빌붙어 사는 기둥서방 같은 생활을 했습니다. 시즈코(그 여기자 이름입니다)가 신주쿠에 있는 잡지사로 출근하면, 나는 시게코라는 다섯 살짜리 아이와 함께 얌전히 집을 보았습니다. 시게코는 그때까지 엄마가 집을 비울 때마다 아파트 관리인 방에서 혼자 놀았던 모양입니다. 어쨌거나 아이는 '눈치 빠른' 아저씨가 나타나 자기와 함께 놀아주어서 무척 신이 난 것 같았습니다.

그곳에서 일주일쯤 그야말로 아무 생각 없이 지냈습니다. 아파트 창 바로 옆 전깃줄에 장군 집 하인의 모습을 본뜬 듯한 연 하나가 걸려 있었습니다. 먼지 섞인 봄바람에 휘날려 찢어졌는데도 끈질기게 전깃줄에 매달려서 떨어지지 않고 기운 없이 고개를 끄덕이는 것 같은 연을 볼 때마다 나는 쓴웃음을 지으면서도 창피한 나머지 얼굴을 붉혔습니다. 그 연은 꿈에까지 나타나 나를 괴롭혔습니다.

"돈이 있으면 좋겠어."

"얼마나?"

"많이…. 돈 떨어지면 인연도 떨어져나간다는 말은 진리 같아."

"말도 안 돼. 그런 고리타분한 말을…."

"그래? 당신은 아직 모르는군. 이대로 가면 도망치게 될 거야."

"도대체 우리 둘 중 어느 쪽이 더 가난하지? 그리고 어느 쪽이 도망쳐야 하는 거야? 정말 어처구니가 없네."

"내가 번 돈으로 술, 아니 담배를 사고 싶어. 나는 호리키 녀석보다 못하는 게 없단 말이야. 그림도 내가 녀석보다 훨씬 잘 그릴걸."

이 말을 하고 나자 중학교 시절에 내가 그렸던, 그리고 다케이치가 '요괴 그림'이라고 불렀던 몇 장의 자화상이 머릿속에 떠올랐습니다. 잃어버린 걸작! 여러 번 이사하는 바람에 잃어버리고 말았지만, 정말로 훌륭한 그림이었다고 생각합니다. 그 뒤 이런저런 그림을 그려보았으나 추억 속에 살아 있는 그 걸작에는 감히 견줄 수 없어 늘 가슴이 텅 빈 것 같은 나른한 상실감에 시달렸습니다.

마시다 만 압생트[12] 한 잔.

나는 영원히 보상받지 못할 상실감을 혼자서 이렇게 표현하곤 했습니다. 그림에 대한 이야기가 나오면 눈앞에 마시다 만 압생트 한 잔이 어른거리면서 '아, 그 그림을 이 사람에게 보여주고 싶다. 그래서 화가로서의 내 재능을 믿게 하고 싶다'는 마음에 초조하고 괴로웠습니다.

"후후, 정말일까? 당신은 진지한 표정으로 농담을 곧잘 하는데, 그런 모습이 아주 귀여워."

'농담이 아니라 진담이다. 정말로 그 그림을 보여주고 싶다.'

나는 이렇게 부질없는 번민에 휩싸였다가 이내 마음을 고쳐먹고 체념한 듯 말했습니다.

"만화가 있구나. 그래, 만화라면 호리키 녀석보다 잘 그릴 자신 있어."

어릿광대의 말투로 대충 내뱉은 말이 오히려 진지하게 받아들

12 향 쑥을 재료로 빚은 독하고 쓴 초록색 양주. 〈압생트 한 잔〉이라는 프랑스 화가 에드가 드가의 작품도 있다.

여졌던 모양입니다.

“그래, 그거야. 사실은 나도 감탄하고 있었어. 거의 매일 시게코에게 그려주는 만화 말이야. 그걸 보면 나도 모르게 웃음이 터져나오더라고. 시작해보는 게 어때? 우리 회사 편집장에게 부탁할 테니까.”

그 회사에서는 그다지 이름이 알려지지 않은 어린이잡지를 매달 발행하고 있었습니다.

“…당신에게는 여자들 대부분이 뭔가 해주고 싶어 안달하게 하는 묘한 게 있어. …뭐랄까, 늘 겁먹은 듯 어쩔 줄 몰라 하면서도 익살을 부리고…. 이따금 혼자서 아주 침울해져 있는데, 그런 모습이 여자 마음을 마구 뒤흔들지.”

시즈코는 그 밖에 여러 이야기를 하면서 나를 한껏 치켜세웠습니다. 하지만 그 모든 것이 여자에게 빌붙어 사는 기둥서방의 추한 특질이라는 생각이 들어 그야말로 더 ‘침울’해지기만 했을 뿐, 조금도 기운 나지 않았습니다.

여자보다는 돈이라 생각하고 시즈코에게서 벗어나 내 힘으로 살아가고 싶다는 마음에서 여러 방법을 궁리해보았습니다. 하지만 그러면 그럴수록 시즈코에게 점점 더 기대는 꼴이 되었습니다. 가출에 뒤따르는 이런저런 일 처리나 그 밖에 내가 벌인 일 대부분을 웬만한 남자보다 나은 고슈 출신 여자의 도움을 받아 해결하자, 나는 점점 쭈뼛거리며 그녀의 눈치만 슬금슬금 살피는 처지가 되고 말았습니다.

시즈코의 주선으로 넙치 씨와 호리키와 시즈코, 이렇게 세 사람의 만남이 이루어져 나는 고향과의 인연을 완전히 끊은 채 시즈코와 '떳떳하게' 동거하게 되었습니다. 또 시즈코가 여러모로 애써준 덕에 내가 그린 만화도 뜻밖에 돈벌이가 되어 나는 그 돈으로 술도 사서 마시고 담배도 사서 피웠습니다.

하지만 불안감과 우울함은 점점 더 심해졌습니다. 그야말로 '우울해질 대로 우울해져서' 시즈코가 담당하는 잡지에 매달 연재하는 만화 〈긴타 씨와 오타 씨의 모험〉을 그리다 문득 고향 생각이 나자 너무나도 쓸쓸해 더 이상 펜을 움직이지 못하고 고개를 숙인 채 눈물을 흘리기도 했습니다.

그럴 때 시게코는 미약하나마 내게 위안이 되었습니다. 그 무렵 시게코는 나를 아무 거리낌 없이 '아빠'라고 불렀습니다.

"아빠, 기도하면 하느님은 뭐든 들어준다는데 정말이야?"

나야말로 그런 기도를 해야 할 것 같았습니다.

하느님, 제게 냉철한 의지를 내려주소서. '인간'의 본질이 무엇인지 깨닫게 해주소서. 사람이 사람을 밀쳐내도 죄가 되지 않나요? 그렇다면 제게 분노의 가면을 내려주소서.

"그럼 정말이고말고. 시게코가 기도하면 뭐든 들어주실 거야. 하지만 아빠 기도는 안 들어주실지도 몰라."

나는 하느님도 두려웠습니다. 하느님의 사랑은 믿지 않았습니다. 하느님의 벌만 믿었습니다. 나는 신앙을 단지 하느님에게 채찍질을 당하기 위해 고개를 숙인 채 심판대로 향하는 일로만 생각했습니다. 지옥은 믿어도 천국의 존재는 좀처럼 믿을 수 없었습니다.

"왜 아빠 기도는 안 들어주셔?"

"아빠는 부모님 말씀을 듣지 않았거든."

"그래? 하지만 다들 아빠는 무지무지 착한 사람이라고 하던데?"

그것은 내가 사람들을 속이고 있기 때문이야. 이 아파트 주민들 모두 내게 호감을 갖고 있다는 건 나도 잘 알아. 하지만 나는 그 사람들이 무척 두렵단다. 내가 그 사람들을 두려워하면 할수록 호감을 얻게 되고, 호감을 얻으면 얻을수록 그 사람들이 두려워져서 나는 결국 그들을 멀리하게 돼.

이 고질적인 불행의 악순환을 시게코한테 어떻게 설명해야 할지 정말 난감했습니다.

"하느님이 기도를 들어주신다면 시게코는 뭘 바랄 거야?"

나는 아무렇지 않은 표정으로 화제를 바꾸었습니다.

"진짜 아빠가 있으면 좋겠어."

깜짝 놀랐습니다. 어질어질 현기증마저 일었습니다.

내가 시게코의 적인지, 시게코가 내 적인지 알쏭달쏭했습니다. 그러면서 여기에도 나를 두려움의 웅덩이에 빠뜨리는 무시무시한 어른이 있구나 싶었습니다. 타인, 이해할 수 없는 타인, 비밀투성이의 타인. 별안간 시게코의 얼굴이 그런 타인으로 보이기 시작했습니다.

시게코는 다를 줄 알았는데, 이 아이에게도 '느닷없이 쇠파리를 찰싹 때려죽이는 소의 꼬리'가 있었던 것입니다. 나는 그 뒤로 겁을 먹은 채 시게코의 눈치마저 살피게 되었습니다.

"어이, 색마! 집에 있냐?"

호리키가 다시 나를 찾아오기 시작했습니다. 집을 나온 날, 나를 그토록 섭섭하게 대했는데도 나는 녀석을 돌려보내지 못하고 어정쩡하게 웃으며 맞이했습니다.

"네 만화, 꽤 인기 있다면서? 무슨 똥배짱인지 아마추어는 세상

무서운 줄 모르고 막 덤벼. 그래서 당해낼 수가 없지. 하지만 방심하지 마. 너는 기본적인 데생도 전혀 안 되어 있으니까."

마치 스승이라도 되는 듯한 태도였습니다. 나는 그 '요괴' 그림을 보여주면 이 녀석이 어떤 반응을 보일까 하고 또 부질없는 번민에 휩싸인 채 이렇게 말했습니다.

"그런 식으로 말하지 마. '윽' 하고 비명을 지를 뻔했단 말이야."

호리키는 더욱 의기양양해졌습니다.

"처세에 밝은 것만으로는 언젠가 바닥이 드러날 거야."

처세에 밝다…. 정말이지 쓴웃음만 나왔습니다. 내가 처세에 밝다니! 하지만 나처럼 인간을 두려워하고 그로부터 도망치며 대충 속이는 행위는 '긁어 부스럼 만들지 마라'라는 말 같은 영리하고 교활한 처세술을 따르는 것과 마찬가지겠지요. 아, 인간은 상대방에 대해 전혀 모르고 서로 완전히 잘못 알고 있으면서도 세상에 둘도 없는 친구라 여기며 평생 그 사실을 알아차리지 못한 채 상대방이 죽으면 눈물을 흘리면서 조문 따위나 읽는 게 아닐까요?

아무튼 호리키는 내 가출에 따른 뒤처리를 도와주었기(분명히 시즈코의 끈질긴 부탁으로 마지못해 한 것이겠지만) 때문인지 마치 나를 새사람으로 만든 은인이나 천생의 배필을 맺어준 중매쟁이라도 되는 듯 한껏 거들먹거렸습니다. 그러면서 근엄한 표정으로 설교 비슷한 말을 늘어놓는가 하면 한밤중에 술에 잔뜩 취한 채 느닷없이 찾아와서는 자고 가기도 하고, 5엔(언제나 5엔이었습니다)을 빌려가기도 했습니다.

"이쯤에서 계집질도 그만둬. 더 이상은 세상이 용납하지 않을 거야."

도대체 세상이란 무엇일까요? 인간의 복수형을 세상이라고 말하는 것일까요? 어디에 세상이라는 것의 실체가 있을까요?

나는 세상을 무언가 강하고 엄격하며 두려운 것으로 여기면서 이제껏 살아왔습니다. 그런데 막상 호리키한테 그 말을 듣자 '세상이라는 건 바로 너 아니야?'라는 말이 목구멍까지 차올랐습니다. 나는 그 말을 마저 내뱉으려다 호리키를 화나게 하고 싶지 않아서 도로 삼켜버렸습니다.

'그것은 세상이 용납하지 않아.'

'세상이 아니라 네가 용납하지 않는 거겠지.'

'그런 짓을 하면 세상이 가만 안 둘 거야.'

'가만 안 두는 건 세상이 아니라 너겠지.'

'당장 세상에서 매장당하고 말 거야.'

'세상이 아니라 네가 나를 매장하겠지.'

'너는 너 자신의 끔찍함과 기괴함과 악랄함과 음흉함과 요망함을 알아야 해.'

이렇듯 마음속에서 갖가지 말이 오갔지만, 나는 그저 손수건으로 이마에 맺힌 땀을 닦으며 이렇게 말하고 웃기만 했습니다.

"어휴, 진땀 나네. 진땀 나."

하지만 그때 이후로 나는 '세상이란 개인이다'라는 철학 비슷한 생각을 품게 되었습니다.

'세상이란 개인'이라고 생각하게 되면서 예전보다 스스로의 의지로 움직일 수 있게 되었습니다. 시즈코는 내가 눈치를 덜 보고 조금은 제멋대로 구는 것 같다고 했습니다. 호리키는 내가 묘하게 인색해졌다고 말했습니다. 그리고 시게코는 전에 비해 자기를 귀여워하지 않는다고 했습니다.

허구한 날 말도 하지 않고 웃지도 않은 채 시게코를 돌보면서 〈긴타 씨와 오타 씨의 모험〉이며, 당시 제법 인기를 끈 〈천하태평 아빠〉의 노골적인 아류작 〈천하태평 스님〉이며, 〈성질 급한 핀짱〉 같은 스스로도 이해되지 않는 제목을 아무렇게나 붙인 연재만화 따위를 여러 출판사의 주문(시즈코네 회사 말고도 드물게 주문이 들어왔는데, 모두 시즈코네 회사보다 수준이 낮은, 이른바 삼류 출판사였습니다)에 맞추어 아주 우울한 기분으로 느릿느릿(내 손놀림은 무척이나 느린 편이었습니다) 그려왔습니다.

그러다 이제는 단지 술값을 벌기 위해 그리는데, 시즈코가 퇴근해서 돌아오면 마치 교대를 하듯 밖으로 나가 고엔지역 근처에 있는 포장마차나 스탠드바에서 싸고 독한 술을 마신 뒤 기분이 좀 좋아져서는 아파트에 돌아와 시즈코에게 이런 말을 늘어놓곤 했습니다.

"당신, 보면 볼수록 참 희한하게 생긴 얼굴이야. 〈천하태평 스님〉의 얼굴 봤지? 그거 말이야, 사실은 잠든 당신 얼굴에서 힌트를 얻었어."

"잠든 당신 얼굴은 어떻고? 늙수그레하니 40대 남자 같아."

"너 때문이야. 네가 내 기를 쪽쪽 빨아먹어서 그렇다고. 아아, 흐르는 강물과 인간의 팔자여. 왜 그리 끙끙거리며 애를 태우나, 강가의 버드나무…."

"횡설수설 그만하고 어서 잠이나 자. 아니면 밥을 먹든가."

시즈코는 다정한 태도로 술주정하는 나를 상대해준 적이 없습니다.

"술이라면 마시겠지만 밥은…. 흐르는 강물과 인간의 팔자여. 흐르는 인간과 강물의 팔자…. 아니지, 흐르는 강물과 강물의 팔자여."

노래를 흥얼거리는 사이 시즈코가 옷을 벗겨주면 그녀 가슴에 얼굴을 묻고 잠드는 게 나의 일상이었습니다.

> 그렇게 이튿날도 같은 일을 되풀이하니
> 어제와 다름없는 관례를 따르면 된다네.
> 거칠고 큰 기쁨을 피하기만 하면
> 자연히 큰 슬픔도 찾아오지 않을 테니
> 앞길을 가로막은 돌을
> 두꺼비는 돌아서 지나간다네.

우에다 빈[13]이 번역한 기 샤를 크로[14]의 이 시구를 보았을 때 나 혼자 얼굴이 뜨거워지고 붉어졌습니다.

두꺼비.

이게 바로 나다. 세상이 용납하든 말든 상관없다. 매장하든 말든 이 또한 상관없다. 나는 개나 고양이보다도 열등한 동물이다. 두꺼비. 그렇다. 나는 단지 느릿느릿 움직일 뿐이다.

마시는 술의 양이 갈수록 늘었습니다. 고엔지역 부근뿐만 아니

13 上田敏(1874~1916). 영문학자, 시인. 교토대학 교수로, 서양 문학을 일본에 소개하는 데 공헌함.

14 Guy Charles Cros(1879~1959). 프랑스 시인. 현실의 고뇌를 섬세한 감수성으로 표현한 것으로 유명함.

라 신주쿠와 긴자 쪽까지 나가서 술을 마셨고, 이따금 외박도 했습니다. 게다가 세상의 '관례'를 비웃듯 바에서 불량배처럼 행동하기도 하고 아무 여자에게나 키스를 하기도 했습니다. 이를테면 기소유예를 받았던 사건 이전보다 훨씬 거칠고 야비한 술꾼이 된 데다 돈에 쪼들린 나머지 시즈코의 옷가지를 들고나올 정도가 되었던 것입니다.

이곳 아파트에 들어와서 찢어진 연을 보고 쓴웃음을 지은 지도 1년 넘게 지나 벚나무에 새잎이 돋아나던 무렵이었습니다. 나는 또다시 시즈코의 기모노 속옷이며 허리띠 등을 몰래 들고나와 전당포에 맡겨서 돈을 마련했습니다. 그러고는 긴자에서 술을 마시며 이틀을 외박한 뒤 사흘째 되는 날 밤, 그야말로 미안한 마음에 발소리를 죽이고 아파트의 시즈코 방 앞까지 조심스레 다가갔습니다. 그때 안에서 시즈코와 시게코의 말소리가 들렸습니다.

"왜 술을 마시는 거야?"

"술이 좋아서 마시는 건 아니야. 아빠는 사람이 너무 착해서…."

"착하면 술을 마시게 돼?"

"그렇지는 않지만…."

"아빠가 보면 깜짝 놀라겠지?"

"싫어할지도 몰라. 어머, 저것 좀 봐. 상자에서 튀어나왔어."

"성질 급한 핀짱 같은걸."

"그러게."

진정으로 행복한 것 같은 시즈코의 낮은 웃음소리가 들렸습니다.

문을 살짝 열고 안을 들여다보자 하얀 새끼 토끼가 방 안을 깡충깡충 뛰어다녔고, 모녀는 그 뒤를 쫓고 있었습니다.

이 사람들은 참 행복하구나. 나 같은 어리석은 인간이 이 둘 사이에 끼어들면 얼마 못 가서 둘의 인생은 엉망이 될 거야. 소소한 행복. 착한 모녀. 부디 행복하기를. 아, 하느님이 나 같은 녀석의 기도를 들어준다면, 내 생애 한 번이라도 좋으니 기도하겠어. 이 사람들이 행복할 수 있도록 보살펴달라고 말이야.

그 자리에 쭈그리고 앉아 두 손을 모으고 싶었습니다. 하지만 조용히 문을 닫은 나는 긴자로 갔습니다. 그것을 끝으로 두 번 다시 그 아파트로 돌아가지 않았습니다.

나는 교바시 근처에 있는 스탠드바 2층에서 다시금 여자에게 빌붙어 사는 기둥서방 같은 처지가 되어 빈둥거리며 지냈습니다.

세상. 나도 그 실체를 어렴풋이나마 알게 된 것 같았습니다. 세상이란 개인과 개인의 투쟁이고, 그것도 그 자리에서의 투쟁인 만큼 이기기만 하면 된다. 인간은 결코 인간에게 복종하지 않는다. 노예도 노예다운 비굴한 방법으로 앙갚음한다. 그러므로 인간은 그 자리에서의 한판 승부에 모든 것을 걸지 않고는 살아남을 수 없다. 그럴듯한 대의명분을 내세우기도 하지만 노력의 목표는 반드시 개인이고, 개인을 뛰어넘어 다시 개인이다. 세상의 난해함은 개인의 난해함이다. 큰 바다는 세상이 아니라 개인이다.

이렇게 생각하자 세상이라는 넓은 바다의 환영에 겁먹던 데서 조금은 해방되었습니다. 그래서 이전처럼 온갖 일에 무작정 마음을 쓰는 일 없이, 이를테면 필요에 따라 어느 정도는 넉살 좋게 행동할 줄 알게 되었습니다.

고엔지의 아파트를 떠나온 날 교바시 스탠드바 마담에게 이렇게 말했습니다.

"헤어지고 왔어."

그것으로 충분했습니다. 다시 말해 한판 승부의 결론이 났고, 나는 그날 밤부터 내 멋대로 그곳 2층에서 지내게 되었습니다. 다행히 내가 겁내는 '세상'은 내게 아무런 위해도 가하지 않았고, 나 또한 '세상'에 대해 아무런 변명도 하지 않았습니다. 당신 생각이 그렇다면 그렇게 하라는 마담의 말이 듣기 좋았습니다.

나는 그 가게의 손님 같기도 하고 주인 같기도 하고 심부름꾼 같기도 하며 친척 같기도 해서 주위 사람들이 보면 도무지 정체를 알 수 없는 인간이었을 것입니다. 하지만 '세상'은 나를 조금도 수상쩍게 여기지 않은 듯했습니다. 가게의 단골들도 나를 '요조, 요조'라고 부르며 다정하게 대했고, 심지어 술까지 사주었습니다.

나는 세상을 조금씩 경계하지 않게 되었습니다. 세상은 생각보다 그렇게 두려운 곳이 아니라는 느낌이 들었습니다. 그때까지 느꼈던 두려움은 이런 것이 아닐까 싶었습니다. 그러니까 봄바람에는 백일해를 일으키는 세균이 수십만 마리 있고, 공중목욕탕에는 눈을 멀게 하는 세균이 수십만 마리 있으며, 이발소에는 탈모증의 원인인 세균이 수십만 마리나 있다. 그리고 전차 손잡이에는 옴벌레가 우글거리고, 생선회와 설구운 쇠고기나 돼지고기에는 촌충의 유충이며 디스토마며 무언가 모를 알 등이 반드시 숨어 있다. 또 맨발로 걸으면 발바닥에 작은 유리 파편이 박혀서 그 파편이 몸속 여기저기를 돌아다니다가 눈동자를 찔러 실명하는 일도 있다는 등의 이른바 '과학의 미신'에 두려움을 느꼈던 것과 다름없었습니다.

물론 공기 중에 수십만 마리나 되는 세균이 섞여 있다고 한다면, 이는 '과학적'으로 정확한 사실이라 할 수 있을 것입니다. 하지만 그 존재를 완전히 묵살해버리면 그것은 나와 아무런 상관도 없는, 순식간에 사라지는 '과학의 유령'에 지나지 않는다는 사실도 깨달았습니다.

도시락에 남아 있는 밥알 세 알갱이도 예사롭게 넘기지 못했습니다. 그랬습니다. 천만 명이 하루에 세 알갱이씩 남길 경우 쌀 몇 섬을 헛되이 버리는 셈이 된다든지 천만 명이 하루에 휴지 한 장 아끼는 것을 실천한다면 그만큼 많은 펄프가 절약된다는 식의 '과학적 통계'가 얼마나 두려웠던지 밥알 한 알갱이를 남기거나 코를 풀 때마다 산더미 같은 쌀과 휴지를 낭비하는 듯한 착각에 괴로워한 데다 내가 중대한 범죄라도 저지른 것 같아 암울한 기분에 빠져들곤 했습니다.

하지만 그것이야말로 '과학의 거짓', '통계의 거짓', '숫자의 거짓'입니다. 현실적으로 모든 사람에게서 밥알 세 알갱이를 모을 수도 없는 노릇이지만, 이것은 곱셈이나 나눗셈의 응용문제로 삼기에도 너무나 원시적이고 수준 낮은 주제입니다. 전기가 들어오지 않는 어두컴컴한 변소에서 사람이 몇 번에 한 번 발을 헛디뎌야 구멍에 빠질 수 있고, 전차 출입문과 플랫폼의 틈에 승객 가운데 몇 명이 발을 빠뜨릴 수 있는지 따위의 확률을 계산하는 일만큼 어처구니없는 것입니다.

물론 일어날 법한 일이기는 합니다. 하지만 실제로 변소에서 발을 헛디딘 바람에 구멍에 빠져 다쳤다는 이야기는 들어본 적 없습니다. 그럼에도 그런 가설을 철저하게 '과학적 사실'로 교육받은 탓에 현실에서도 정말 일어날 줄 알고 두려워했던 어제까지의 나 자신이 딱하게 느껴져 쓴웃음이 나오는데, 이 정도 선에서 세상이라는 실체를 조금은 알게 되었습니다.

하지만 말은 그렇게 해도 인간은 내게 여전히 두려운 존재로 남아 있습니다. 그래서 가게 손님과 만나는 것조차 술을 한 잔 가득 따라 마셔야만 가능했습니다. 무서운 것일수록 더 보고 싶어지는 게 인간의 심리인지 모르겠습니다만, 그런 상태에서도 밤마다 가게로 나가서 어린아이가 속으로는 무서워하면서도 작은 동물을 꽉 움켜쥐는 것처럼 술에 취한 채 손님을 상대로 유치하기 짝이 없는 예술론을 펼쳤습니다.

만화가. 하지만 나는 크나큰 기쁨도 크나큰 슬픔도 없는 무명의 만화가였습니다. 나중에 아무리 큰 슬픔이 닥쳐와도 괜찮다, 좀 더 야성적이고 대범한 기쁨을 느끼고 싶다고 초조하게 바라면서도 당장은 손님과 이런저런 허접한 이야기를 나누며 손님의 술을 얻어 마시는 것을 기쁨으로 여겼습니다.

교바시에 와서 1년 가까이 시시껄렁한 생활을 하면서 내가 그린 만화는 어린이잡지뿐 아니라 역에서 파는 조악하고 외설적인 잡지에도 실렸습니다. 그 무렵 나는 조시 이키타[15]라는 웃기지도 않은 필명으로 추잡한 누드화 따위를 그렸는데, 거기에 《루바이야트》[16]의 시구를 써넣기도 했습니다.

헛된 기도 따위 집어치워라
눈물을 자아내는 일 따위 내팽개쳐라
자, 좋은 일만 기억하고 한잔 들라

15 발음상 '情死(정사)', '生きた(살아남다)'와 같다.

16 11세기 말 페르시아 시인 오마르 하이얌이 쓴 4행 시집.

쓸데없는 걱정 따위 잊어버려라

불안과 공포로 인간을 위협하는 자들은
스스로 저지른 끔찍한 죄에 두려워하고
죽은 자들의 복수에 대비하느라
머릿속에서 끊임없이 계략을 꾸민다

지난밤 잔에는 술 가득, 내 마음에는 기쁨 가득했지만
아침에 눈을 뜨니 그저 황량할 뿐이다
수상하다, 하룻밤 사이
기분이 달라지다니

벌 받을 일 따위 생각하지 마라
멀리서 울리는 북소리처럼
왠지 그자는 불안하다
방귀 뀐 것도 죄가 된다면 살 수 없다
정의가 인생의 지침이란 말인가?
그렇다면 피로 물든 전장에 선
암살자의 칼끝에
무슨 정의가 깃들어 있겠는가?

어디에 지도의 원리가 있는가?
어떤 지혜의 빛이 있는가?
아름답고 무서운 것이 이 세상이니

약하디 약한 인간의 자식은 버거운 짐을 짊어지고

어떻게 할 수 없는 정욕의 씨를 품은 바람에
선이니 악이니 죄나 벌이니 하며 저주를 받고
어쩔 수 없이 갈팡질팡할 뿐이다
막아낼 힘도 의지도 주어지지 않아서

어디를 얼마나 헤매고 돌아다녔던가
뭐? 비판하고 검토하고 다시 인식하라고?
쳇! 헛된 꿈이고 있지도 않은 환상이다
술을 마시지도 않았으니 모두 헛된 생각이다

어떤가, 저 끝도 없이 넓은 하늘을 보라
그 속에 떠 있는 하나의 점 아닌가
이 지구가 왜 자전하는지 알게 무언가
자전, 공전, 반전, 모든 것이 제 마음대로다
가는 곳마다 지고한 힘이 느껴진다
모든 나라, 모든 민족에게서
똑같은 인간성을 발견하는
나는 이단자다

다들 성경을 잘못 읽고 있다
상식도 지혜도 없다
살아 있는 육신의 기쁨을 금하고 술을 금하라

됐다, 무스타파, 나는 그런 것 딱 질색이다

그 무렵 내게 술을 끊으라고 권하는 여자가 있었습니다.

"그러면 안 돼요. 날마다 대낮부터 취해 계시면요."

바 건너편에 있는 자그마한 담배 가게의 열일고여덟 살쯤 되어 보이는 아가씨였습니다. 이름은 요시코라는데 피부가 희고 덧니가 있었습니다. 내가 담배를 사러 가면 웃으며 그렇게 충고했습니다.

"왜 안 되지? 뭐가 나쁜데? '사람의 아들이여, 술을 있는 대로 다 마셔버리고 증오를 멈춰라. 멈춰라, 멈춰'라고 옛날 페르시아 사람들은 말했어. 아니, 그만두자. '슬프고 지친 마음에 희망을 불어넣는 것은 거나하게 취하게 해주는 옥잔뿐이리니' 알겠니?"

"몰라요."

"요 녀석, 확 키스해버릴까 보다."

"해봐요."

요시코는 조금도 기죽지 않고 오히려 아랫입술을 삐죽 내밀었습니다.

"이번 바보 녀석, 정조 관념이 영…."

요시코의 표정에는 그 누구에게도 더럽혀지지 않은 처녀의 순수한 냄새가 배어 있었습니다.

새해가 되고 얼마 지나지 않은 몹시 추운 날 밤이었습니다. 나는 술에 취해 담배를 사러 나갔다 그 담배 가게 앞 맨홀에 빠졌습니다.

"요시코, 살려줘!"

요시코를 부르며 다급하게 소리쳤더니 요시코가 달려와 나를 끌어올리고는 오른팔에 난 상처를 치료해주었습니다. 그러고는 웃지도 않고 조용히 말했습니다.

"너무 많이 마셨잖아요."

나는 죽는 것은 괜찮았습니다. 하지만 부상으로 피를 흘리고 불구자가 되는 것은 상상만 해도 끔찍했기 때문에 팔을 치료해주는 요시코를 바라보며 이제 그만 술을 끊어야 하지 않을까 생각했습니다.

"술 끊을게. 내일부터 한 방울도 안 마실 거야."

"정말이에요?"

"끊을 거라니까. 요시코, 술 끊으면 내 색시가 되어줄래?"

사실 색시가 되어달라는 말은 농담이었습니다.

"물이죠."

물이란 '물론'의 줄임말이었습니다. 당시에는 서양 문화를 좋아하는 남자를 일컫는 '모던 보이'를 '모보', 그런 여자를 일컫는 '모던 걸'을 '모걸'이라고 부르는 등 줄임말이 유행했습니다.

"좋아, 새끼손가락 걸자. 반드시 끊고 말 거야."

하지만 이튿날 나는 대낮부터 술을 퍼마셨습니다. 그러고는 해 질 무렵 비틀거리며 밖으로 나가 요시코의 가게 앞에 서서 소리쳤습니다.

"요시코, 미안해. 또 마셔버렸어."

"어머, 참 못됐어. 취한 척하지 마요."

정신이 번쩍 들었습니다. 술기운이 싹 가신 것 같았습니다.

"아니, 진짜야. 진짜로 마셨다고. 취한 척하는 거 아니야."

"놀리지 마요. 정말 못됐어."

요시코는 여전히 내 말을 믿지 않았습니다.

"보면 모르겠어? 오늘도 대낮부터 퍼마셨다고. 그러니 용서해 줘."

"연기 한번 잘하시네요."

"이 바보야, 연기가 아니라고. 키스해버릴까 보다."

"해봐요."

"아니야, 나한텐 그럴 자격이 없어. 색시로 들인다는 말도 취소해야만 해. 이 얼굴 좀 봐, 빨갛지? 술 마셨다니까."

"그거야 석양이 비쳐서 그러겠죠. 아무리 거짓말해도 소용없어요. 안 속는다고요. 어제 약속했는데 그새 마셨을 리가 없어요. 새끼손가락까지 걸었잖아요. 술을 마셨다니, 거짓말이에요. 거짓말, 거짓말이라고요."

어두컴컴한 가게 안쪽에 앉아 미소 짓는 요시코의 희디흰 얼굴. 아, 더럽혀지지 않은 처녀의 순결이란 얼마나 숭고한 것인가. 이제껏 나는 나보다 어린 여자와 잠자리를 함께한 적이 없다. 그래, 결혼하자. 그로 인해 훗날 엄청난 슬픔이 닥쳐온다 해도 좋다. 야성적이고 대범한 기쁨이 내 생애 단 한 번뿐이라도 좋다. 순결한 처녀의 아름다움은 그저 멍청한 시인이 내뱉는 감상적인 잠꼬대에 지나지 않는다고 생각했는데, 그렇지 않다. 그것은 이 세상에 실제로 존재한다. 결혼하자. 그래서 봄이 되면 단둘이 자전거를 타고 신록이 우거진 숲속 폭포를 보러 가자. 나는 그 자리에서 이렇게 결심하고 이른바 '한판 승부'로 그 아름다운 꽃을 훔치는 데 조금도 망설이지 않았습니다.

결국 우리는 결혼했습니다. 결혼이 선사한 기쁨이 꼭 크다고 표현할 수만은 없었지만, 그 뒤에 이어진 슬픔은 처참하다는 말이 부족할 정도로 상상할 수 없을 만큼 컸습니다. 내게 세상은 여전히 깊이를 알 수 없는 무서운 곳이었습니다. 단순히 한판 승부 따위로 하나부터 열까지 모든 것이 정해질 만큼 만만한 곳이 아니었습니다.

2

호리키와 나.

서로 경멸하면서도 만나고, 그러면서 서로를 한심한 인간으로 만들어가는 것이 세상 사람들이 말하는 '친구'라는 존재라면, 나와 호리키의 관계도 '친구'임에는 틀림없습니다.

교바시 스탠드바 마담의 의협심 덕분에(여자에게 의협심이라니, 표현이 이상하다고 생각하겠지만 내 경험에 비추어보면 적어도 도시 남녀의 경우는 남자보다 여자 쪽이 의협심이라고 할 만한 요소를 더 많이 가지고 있었습니다. 남자는 대부분 소심한 데다 겉만 번지르르한 말을 늘어놓을 뿐, 하는 짓이 참 쩨쩨했습니다) 담배 가게의 요시코를 내연의 아내로 맞아들일 수 있었고, 쓰키지 스미다강 근처에 있는 2층짜리 자그마한 목조 건물의 아래층 방 하나를 빌려 단둘이 살 수 있었습니다.

나는 술을 끊고 슬슬 직업으로 자리를 잡아가는 만화 일에 힘을 쏟는 한편, 이따금 저녁을 먹은 뒤 함께 영화를 보러 갔다 돌아오는 길에 찻집에 들르거나 꽃집에서 화분을 사곤 했습니다. 무엇보다 나를 진심으로 믿어주는 이 어린 신부의 말을 듣거나 몸짓을 보는 것이 즐거웠습니다. 이러다 어쩌면 나도 점점 인간다운 놈이 되어서 비참하게 죽지 않아도 되는 것은 아닐까 하는 달콤한 생각이 어렴풋하게 가슴속에 싹트기 시작했습니다. 그런데 바로 그때 호리키가 다시 눈앞에 나타났습니다.

"어이, 색마! 오랜만이구먼. 어라? 그새 철이 좀 들었나 보네. 오늘 여기 온 것은 고엔지 여사님 심부름 때문이야."

호리키는 말을 하다 도중에 갑자기 목소리를 낮추었습니다. 그러고는 부엌에서 차를 준비하는 요시코 쪽을 턱으로 가리키며 "괜찮겠어?" 하고 물었습니다.

"괜찮아. 무슨 말이든 해도 상관없어."

나는 침착하게 대답했습니다.

말하자면 요시코는 신뢰의 천재라고 불러도 좋을 정도였습니다. 교바시 바 마담과의 관계도 그렇지만, 내가 가마쿠라에서 저지른 사건을 알려주어도 쓰네코와 나 사이를 조금도 의심하지 않았습니다. 내가 거짓말을 잘해서가 아니었습니다. 이따금 노골적으로 말했는데도 요시코는 전부 농담으로 받아들였습니다.

"우쭐대는 건 여전하네. 특별한 건 없고 가끔 고엔지 쪽에도 놀러 좀 오고 그러래."

잊을 만하면 괴조가 은밀히 날아와서 기억의 상처를 부리로 콕콕 쪼아 찢어버립니다. 그러면 곧바로 과거의 부끄러움과 죄스러운 기억이 눈앞에 선명하게 펼쳐져 '악!' 하고 비명을 지르고 싶을 정도로 무서워서 가만히 앉아 있지 못하게 됩니다.

"마실까?"

내가 묻자 호리키가 이렇게 대답했습니다.

"좋지."

나와 호리키. 겉모습은 서로 닮았습니다. 쌍둥이처럼 느껴질 때도 있었습니다. 물론 그것은 싸구려 술을 마시러 여기저기 돌아다닐 때의 이야기일 뿐입니다. 얼굴을 마주하면 호리키와 나는 눈 깜짝할 사이 똑같은 외모에 털 색깔도 똑같은 개로 변해서 눈 덮인 거리를 함께 뛰어다니는 꼴이 되곤 했습니다.

그날 이후 우리는 다시금 옛 우정을 돈독하게 되살리자는 차원에서 함께 교바시의 작은 바에 갔습니다. 거기서 술에 취한 두 마리 개로 변해 마침내 고엔지의 시즈코네 아파트에 찾아가서는 하룻밤을 묵기까지 했습니다.

절대 잊을 수가 없습니다. 무더운 여름밤이었습니다. 해 질 녘 호리키가 후줄근한 유카타를 입은 채 쓰키지의 내 집에 찾아와 오늘 쓸 데가 있어 여름옷을 전당포에 맡겼는데, 이 사실을 늙은 어머니가 알면 여러모로 곤란하니 옷을 찾을 수 있게 돈을 좀 빌려달라고 했습니다.

나도 돈이 없었습니다. 그래서 여느 때처럼 요시코에게 그녀의 옷가지를 전당포에 맡기고 돈을 마련해오라고 했습니다. 나는 그 돈을 호리키에게 빌려주었습니다. 그러고도 돈이 좀 남아 요시코에게 소주를 사오게 한 뒤 녀석과 함께 옥상에 올라가 스미다강에서 이따금 솔솔 불어오는 시궁창 냄새나는 바람을 맞으며 그야말로 청승맞은 여름밤의 술판을 벌였습니다.

우리는 거기서 희극 명사나 비극 명사 알아맞히는 놀이를 했습니다. 그것은 내가 만든 놀이로, 대충 이런 식이었습니다. 명사는 남성 명사, 여성 명사, 중성 명사 등으로 구분되어 있는데, 그와 동시에 희극 명사와 비극 명사도 구분되어야 한다. 가령 증기선과 기차는 둘 다 비극 명사고, 전차와 버스는 둘 다 희극 명사다. 왜 그런지 모르고 따지는 자는 예술을 논할 자격이 없다. 희극에 단 하나라도 비극 명사를 쓰는 극작가는 그것만으로도 수준 미달이다. 비극의 경우도 마찬가지다.

"자, 준비됐지? 담배는?"

내가 물었습니다.

"트레."[17]

호리키가 바로 대답했습니다.

"약은?"

"가루약이야? 알약이야?"

"주사약."

"트레."

"그럴까? 호르몬 주사도 있잖아?"

"아니, 어쨌든 트레야. 생각해봐. 주삿바늘만으로도 충분히 트레가 될 수 있잖아."

"좋아, 그렇다고 해둘게. 하지만 약이나 의사는 의외로 코미[18] 쪽이라고. 죽음은?"

"코미. 목사나 스님도 마찬가지고."

"좋아. 그런데 삶은 트레야."

"아니야. 그것은 코미지."

"뭔 소리야? 그렇게 하면 무엇이든 코미가 돼. 하나 물어볼게. 만화가는? 설마 코미라곤 못하겠지?"

"그래, 트레야, 트레. 어마어마한 비극 명사라고!"

17 '비극'을 뜻하는 '트레지디tragedy'의 줄임말.

18 '희극'을 뜻하는 '코미디comedy'의 줄임말.

"뭐야? 어마어마한 비극 하면 너 아냐?"

이렇게 어설픈 말장난으로 흘러가면 재미가 없지만, 우리는 그 놀이를 세계 어느 문학 살롱에서도 구경할 수 없는 그야말로 전무후무하게 재치 있는 게임이라며 의기양양했습니다.

그 무렵 그것과 비슷한 놀이를 하나 더 만들어냈습니다. 바로 앤토님antonym(반대말) 알아맞히기 놀이였습니다. 검정의 앤토(반대말 '앤토님'의 줄임말)는 하양. 하지만 하양의 앤토는 빨강, 빨강의 앤토는 검정으로 정했습니다.

"꽃의 앤토는?"

내가 묻자 호리키가 입술을 실룩거리며 생각에 잠겼다 대답했습니다.

"음, 화월花月이라는 요릿집이 있으니까 달이겠구먼."

"아니, 그건 앤토가 아니라 시노님synonym(동의어)이야. 별과 제비꽃[19]도 앤토가 아니라 시노님이고."

"알았어. 그럼 꿀벌로 할게."

"꿀벌이라고?"

"모란에… 개미인가?"

"뭐야? 그건 그림 주제잖아. 어물쩍 넘어가려고 하지 마."

"알았다! 꽃에는 떼구름…."

"달에 떼구름[20]이겠지."

"그래, 맞아. 꽃에는 바람. 바람이다. 꽃의 앤토는 바람이야."

19 메이지 시대 감성을 추구하던 낭만주의 문학가 모임인 '별과 제비꽃(星菫)' 파에서 착안한 말.

20 "달에 떼구름, 꽃에는 바람"이라는 속담으로, 호사다마好事多魔와 비슷한 뜻이다.

"참 형편없네. 그건 민요에 나오는 가사잖아. 바닥이 드러나는군."

"그럼 비파."

"그건 더더욱 아니지. 꽃의 앤토는… 이 세상에서 꽃과 가장 거리가 먼 것, 그러니까 꽃 같지 않은 걸 말해야지."

"그렇다면… 잠깐, 여자인가?"

"그래. 말 나온 김에 여자의 시노님은 뭐지?"

"내장."

"너는 정말 시라는 걸 모르는군. 그럼 내장의 앤토는 뭐야?"

"우유."

"이건 그럴듯하군. 그런 느낌으로 또 하나 맞혀봐. 수치, 그러니까 옹트[21]의 앤토는?"

"철면피. 인기 만화가 조시 이키타."

"호리키 마사오 아니고?"

이쯤에서 두 사람은 점점 웃음기를 거두고 소주에 취했을 때 특징인, 유리 파편이 머릿속에 가득 들어 있는 것 같은 음울한 기분에 젖기 시작했습니다.

"웃기는 소리 하지 마. 나는 아직 너처럼 포승줄에 묶이는 치욕을 당한 적 없어."

깜짝 놀랐습니다. 호리키는 내심 나를 제대로 된 인간으로 여기지 않았던 것입니다. 그저 나를 죽으려는 시늉만 하고 죽지 않은 철면피, 어리석은 괴물, 산송장 정도로만 생각하고 자신의 쾌락을 위

21 honte. 프랑스어로 '수치', '치욕'이란 뜻임.

해 나를 이용할 수 있을 만큼 이용하는 게 전부인 '친구'였을 뿐입니다.

그렇게 생각하니 기분이 썩 좋지 않았습니다. 한편으로는 호리키가 나를 그렇게 보는 것도 틀리지만은 않다는 생각이 들었습니다. 나는 옛날부터 인간의 자격이 없는 아이였던 만큼 호리키가 나를 경멸하는 것도 당연하다고 생각을 고쳐먹고는 아무렇지 않은 표정으로 이렇게 말했습니다.

"죄, 죄의 앤토는 뭘까? 이건 좀 어려울 거야."

"법률이지."

천연덕스러운 대답에 나는 호리키의 얼굴을 다시 쳐다보았습니다. 호리키 얼굴은 근처의 빌딩에서 깜빡이는 네온사인의 붉은빛을 받아 무서운 형사처럼 위엄 있어 보였습니다. 생각할수록 어처구니가 없어서 나는 이렇게 쏘아붙였습니다.

"야, 죄라고 했잖아. 왜 그런 말이 튀어나와?"

죄의 반대말이 법률이라니! 하지만 세상 사람들은 모두 호리키처럼 단순하게 생각하면서 점잔 빼며 살아가고 있는지도 모릅니다. 이를테면 형사가 없는 곳에서는 죄가 꿈틀거린다는 식으로 생각하면서 말입니다.

"그럼 뭔데? 하느님이야? 너는 이따금 예수쟁이 같은 냄새를 풍기더라. 짜증 나게 말이야."

"그런 식으로 말하지 말고 좀 더 진지하게 생각해보자. 이거 꽤 흥미로운 테마 아니야? 이 테마에 대한 대답 하나로 그 사람의 모든 걸 알 수도 있어."

"말도 안 되는 소리 그만해. 죄의 앤토는 선이야. 선량한 시민. 말하자면 나 같은 사람이랄 수 있지."

"너야말로 말도 안 되는 소리 그만해. 선은 악의 앤토야. 죄의 앤토가 아니라고."

"악과 죄는 다른 거야?"

"다를걸. 선악의 개념은 인간이 만든 거야. 인간이 제멋대로 만든 도덕의 언어지."

"아는 것도 많네. 결국 하느님이란 얘기군. 하느님, 하느님. 앞뒤 가리지 않고 하느님만 찾으면 만사형통이라는 건가? 그나저나 배고프다."

"지금 아래층에서 요시코가 잠두콩을 삶고 있어."

"반가운 소식이군. 내가 좋아하는 건데."

호리키는 머리 뒤로 두 손을 깍지 끼고 벌렁 누웠습니다.

"너는 죄라는 것에 아예 흥미가 없는 모양이야."

"당연하지. 너처럼 죄를 짓지는 않았으니까. 나는 여자를 좋아하기는 해도 누구처럼 여자를 죽게 하거나 여자한테 돈을 뜯어내는 짓거리는 하지 않았어."

'내가 죽게 한 게 아니야, 돈을 뜯어내지도 않았어' 하고 마음속 어딘가에서 조용하지만 필사적으로 항변하는 소리가 일어났지만, 다시금 '아니야, 다 내 탓인걸' 하고 금세 생각을 바꾸고 마는 이 버릇.

나는 호리키한테 당당하게 맞서서 반박할 수 없었습니다. 소주가 불러일으킨 음울한 기분 탓에 시시각각 험악해지는 감정을 애써 억누르며 혼잣말처럼 중얼거렸습니다.

"감옥에 갇히는 것만이 죄가 아니야. 죄의 앤토를 알면 죄의 실체도 파악할 수 있을 것 같은데…. 하느님… 구원… 사랑… 빛….
하느님에게는 사탄이라는 앤토가 있고, 구원의 앤토는 고뇌겠지.
사랑은 증오, 빛은 어둠이 앤토가 될 테고 말이야. 선과 악, 죄와 기도, 죄와 후회, 죄와 고백, 죄와…. 이런 건 전부 시노님이군. 대체 죄의 반대말은 뭘까?"

"죄의 반대말은 꿀[22]이지. 꿀처럼 달콤하잖아. 아, 정말 배고프다. 가서 먹을 것 좀 가져와."

"배고픈 네가 가져와!"

태어나서 처음이라 해도 될 만큼 분노에 찬 과격한 목소리가 내 입에서 튀어나왔습니다.

"좋아, 그렇다면 아래층으로 내려가서 요시코와 둘이서 죄를 짓고 오겠어. 토론보다는 실제적 행동이지. 죄의 앤토는 꿀콩, 아니 잠두콩인가?"

호리키는 혀가 꼬일 정도로 술에 취해 있었습니다.

"마음대로 해. 어디로든 꺼지라고!"

"죄와 공복, 공복과 잠두콩. 아니, 이건 시노님인가?"

호리키는 말도 안 되는 소리를 하며 자리에서 일어섰습니다.

죄와 벌. 도스토옙스키. 문득 머릿속을 스쳐 지나간 두 단어에 정신이 퍼뜩 들었습니다. 혹시 도스토 씨는 죄와 벌을 시노님이 아니라 앤토님으로 나열한 것이 아닐까? 그렇다면 죄와 벌은 서로 통할 수 없다. 얼음과 숯불처럼 서로 받아들일 수도 없다. 죄와 벌을 앤토로 생각한 도스토 씨의 녹조, 썩은 연못, 어지럽게 뒤얽힌 밑바

22 일본어로 '쓰미'는 죄, '미쓰'는 꿀인 점에서 착안한 말장난.

닥…. 아, 알 것 같다! 아니, 아직은…. 이런 단편적인 생각이 머릿속에서 마구 뒤섞여 주마등처럼 빙글빙글 돌 때였습니다. 호리키의 목소리가 들려왔습니다.

"이봐! 잠두콩은 개뿔! 나와 봐!"

호리키의 목소리도, 얼굴색도 완전히 변해 있었습니다. 방금 비틀거리며 아래층으로 내려갔나 싶었는데, 어느새 되돌아와 있었습니다.

"왜 그래?"

나는 이유도 없이 살기를 띤 채 호리키와 함께 옥상에서 2층으로, 2층에서 다시 아래층 내 방으로 내려가다 계단 중간에서 호리키가 멈추는 바람에 우뚝 섰습니다.

"봐!"

호리키가 목소리를 낮추어 짧게 말하고 손가락으로 아래쪽을 가리켰습니다.

내 방 위의 작은 창문이 열려 있었기 때문에 거기를 통해 방 안이 보였습니다. 전등불 아래 두 마리 짐승이 있었습니다.

현기증이 나서 어지러웠습니다. 나는 '이 또한 인간의 모습이다. 이 또한 인간의 모습이야. 놀랄 것 없다'라고 마음속으로 중얼거리며 거친 숨을 몰아쉴 뿐, 요시코를 구해야 한다는 생각도 하지 못한 채 계단에 못 박힌 듯 서 있기만 했습니다.

호리키가 크게 헛기침을 했습니다. 나는 혼자 도망치듯 옥상으로 뛰어 올라가서 바닥에 벌렁 드러누워서는 비를 머금은 여름날의 밤하늘을 올려다보았습니다.

그때 내 가슴을 덮친 감정은 분노도 혐오도 슬픔도 아닌, 무시무시한 공포였습니다. 그것도 묘지에 출몰하는 유령을 만났을 때의 공포가 아니라 신사의 삼나무 숲에서 흰옷 입은 신령 같은 존재와 맞닥뜨렸을 때 느낄 법한, 말로는 뭐라고 표현할 길이 없을 만큼 난폭한 태고의 공포감이었습니다.

그날 밤부터 흰머리가 나기 시작했습니다. 나는 모든 것에 점점 자신감을 잃어갔고, 밑도 끝도 없이 사람을 의심하게 되었습니다. 또 세상살이에 대한 일체의 기대나 기쁨이나 공감 같은 것에서 영원히 멀어졌습니다.

정말로 그것은 내 인생에서 결정적인 사건이었습니다. 나는 정면으로 맞아 미간이 찢어졌고, 그날 이후로 그 상처는 어떤 인간에게든 다가가기만 해도 욱신욱신 쑤셨습니다.

"안됐다는 생각은 들지만, 너도 이번 일로 뭔가 깨달았을 거야. 이제 나는 두 번 다시 여기에 오지 않겠어. 솔직히 지옥이 따로 없다 싶어. …그래도 요시코는 용서해줘. 어차피 너도 제대로 된 놈은 아니잖아. 이만 실례할게."

호리키는 거북한 분위기가 감도는 장소에 오래 머물 정도로까지는 멍청하지 않았습니다.

나는 바닥에서 일어나 혼자 소주를 마시고 소리 내어 엉엉 울었습니다. 얼마든지 울고 또 울 수 있을 것 같았습니다.

언제부터인지 요시코가 잠두콩을 수북이 쌓은 접시를 들고 내 등 뒤에 우두커니 서 있었습니다.

"아무 짓도 하지 않겠다고 해서…."

"됐어. 아무 말도 하지 마. 너는 사람을 의심할 줄 몰라서 그랬던 거야. 앉아. 콩이나 먹자."

우리는 나란히 앉아 콩을 먹었습니다. 아, 신뢰하는 것도 죄가 되는가? 상대 남자는 내게 만화를 주문하고 몇 푼 안 되는 돈을 선심 쓰듯 두고 가곤 하던 서른 살 안팎의 배운 것도 없고 체구도 왜소한 장사꾼이었습니다.

그 장사꾼은 그 뒤로 얼굴을 비추지 않았습니다. 그런데 왜 그런지 모르겠지만 그 장사꾼보다 맨 처음 현장을 목격하고도 그 자리에서 헛기침이든 뭐든 아무것도 하지 않은 채 나를 부르러 옥상으로 되돌아온 호리키에 대한 증오와 분노가 잠들지 못하는 밤마다 부글부글 끓어올라 혼자 끙끙거리며 신음했습니다.

용서하고 말고 할 것도 없었습니다. 요시코는 신뢰의 천재일 뿐이었습니다. 사람을 의심할 줄 몰랐던 것입니다. 하지만 그렇기 때문에 일어난 비극.

하느님에게 묻습니다. 신뢰하는 것도 죄가 되나요?

요시코가 더럽혀진 사실보다 요시코의 신뢰가 더럽혀진 사실이 그 뒤 오랫동안 내게는 죽고 싶을 정도로 큰 고뇌의 씨앗이었습니다. 쭈뼛쭈뼛 비루하게 남의 눈치만 살피고 남을 믿는 능력에 금이 가버린 내게 요시코의 순결한 신뢰심은 그야말로 신록이 우거진 숲에서 쏟아져 내리는 폭포수처럼 상쾌하게 느껴졌습니다. 그러던 것이 하룻밤 사이에 싯누런 구정물로 변하고 말았습니다.

요시코는 그날 밤 이후로 내 표정 하나하나에 신경을 곤두세웠습니다.

"이봐!"

내가 그렇게 부르면 흠칫 놀라서 시선을 어디에 두어야 할지 모르는 듯 안절부절못했습니다. 웃기려고 우스갯소리를 해도 내 눈치를 살피며 몸을 부들부들 떨었습니다. 게다가 지나칠 정도로 내게 존댓말을 썼습니다.

정말로 순결한 신뢰심은 죄의 원천인가?

나는 능욕당한 유부녀 이야기를 다룬 책을 찾아 읽어보았습니다. 하지만 여러 책을 읽었는데도 요시코만큼 비참하게 당한 여자는 한 명도 없는 듯 보였습니다. 애당초 이 사건은 이야기도 뭐도 안 되는 것이었습니다. 왜소한 장사꾼과 요시코 사이에 사랑 비슷한 감정이 조금이라도 있었다면 내 마음은 오히려 편했을지도 모릅니다.

하지만 그저 여름날 밤 요시코가 사람을 신뢰했던 것뿐인데, 그 때문에 내 미간에는 깊은 상처 자국이 생겼고 목이 잠겼으며 여기저기 흰머리가 나기 시작했습니다. 그리고 요시코는 요시코대로 평생 안절부절못한 채 내 눈치를 살피며 살게 되었습니다.

그런 이야기들 대부분은 아내의 '행위'를 남편이 용서하느냐 마느냐에 중점을 두는 것 같았습니다. 하지만 내가 볼 때는 그 정도로 괴로워할 만큼 심각한 문제는 아니라는 생각이 들었습니다.

용서하든 용서하지 않든, 그런 권리를 지닌 남편은 운이 좋다고 할 수 있을 것이다. 하지만 도저히 용서가 안 된다면 시끄럽게 굴 것 없이 곧바로 아내와의 인연을 정리하고 새 아내를 맞으면 될 일 아닌가. 그렇게 못하겠다면 그냥 '용서'하고 참으면 될 것이다. 어느 쪽이든 남편이 마음먹기에 따라 원만하게 수습할 수 있을 거라고 생각했습니다.

물론 그런 일은 남편에게 엄청난 충격을 주었을 것이다. 하지만 충격은 충격일 뿐, 언제까지고 끝없이 밀려왔다 밀려가는 파도와

갚을 수는 없는 노릇이다. 결국 그런 일은 남편 입장에서 분노의 힘으로 어떻게든 처리할 수 있는 문제라는 생각도 들었습니다.

하지만 정작 우리의 경우는 달랐습니다. 남편인 내게는 아무런 권리도 없지만, 생각할수록 하나부터 열까지 죄다 내 잘못인 것 같아 분노를 하기는커녕 싫은 소리 한마디 할 수 없었습니다. 아내는 자신이 지닌 남달리 아름다운 성품 때문에 능욕을 당했습니다. 더욱이 그 아름다운 성품은 남편인 내가 이전부터 동경해온 순결한 신뢰심이라는, 한없이 애처로운 것이었습니다.

순결한 신뢰심은 죄가 되는가?

유일하게 의지가 되었던 아내의 미덕까지 의심하게 되자 도무지 뭐가 뭔지 모르는 상태에서 그저 알코올만 찾게 되었습니다. 허구한 날 아침부터 소주를 마시다 보니 얼굴은 갈수록 꾀죄죄했고, 이까지 군데군데 빠졌습니다. 만화도 거의 외설에 가까운 것만 그렸습니다. 아니, 정확하게 말하겠습니다. 나는 그 무렵부터 춘화를 베껴서 밀매했습니다. 소주를 살 돈이 필요했기 때문입니다.

나는 더욱 피폐해졌습니다. 늘 내 시선을 피해 안절부절못하는 요시코를 보자 의심이 들기 시작했습니다. 전혀 사람을 경계할 줄 모르는 여자니까 장사꾼과 한 번만이 아니었던 것은 아닐까? 혹시 호리키와? 설마 내가 모르는 사람과도? 일단 의심하기 시작하자 걷잡을 수 없었습니다. 의심이 의심을 불렀습니다.

하지만 달려들어 캐물을 배짱도 없다 보니 여느 때처럼 불안과 두려움에 몸부림치며 소주를 마시고 취한 끝에야 겨우 비굴한 유도 신문 같은 것을 슬그머니 해보았습니다. 그리고 속으로는 일희일비하면서도 겉으로는 아무렇게나 어릿광대짓을 하다가 요시코에게 지옥과도 같은 혐오스러운 애무를 한 뒤 정신없이 곯아떨어졌습니다.

그해 연말, 술에 잔뜩 취해 밤늦게 돌아온 나는 설탕물을 마시고 싶어 잠든 요시코를 깨우지 않은 채 부엌에 들어갔습니다. 그러고는 설탕 단지를 찾아 뚜껑을 열었는데, 안에 설탕은 없고 검고 기다란 작은 상자가 들어 있었습니다. 호기심에 상자를 집어 든 나는 거기에 붙은 라벨을 보고 깜짝 놀랐습니다. 라벨은 손톱으로 긁어서 반쯤 벗겨져 있었지만, 남아 있는 부분에 알파벳이 또렷하게 쓰여 있었습니다. DIAL.

디알. 그 무렵 나는 소주만 마셨지 수면제는 복용하지 않았습니다. 하지만 내게 불면증은 지병과 다름없었기 때문에 수면제에 대해서는 대부분 잘 알고 있었습니다. 내가 알기로 디알 한 상자면 치사량 이상이었습니다.

아직 상자를 개봉하지 않았지만, 언젠가는 일을 저지를 작정으로 그런 곳에, 그것도 라벨을 벗겨 숨겨두었던 게 틀림없었습니다. 가엾게도 아내는 라벨의 알파벳을 읽지 못한 탓에 일본어가 적힌 부분만 손톱으로 긁어내고는 이제 괜찮다고 생각했을 것입니다 (요시코, 당신에게는 죄가 없어).

나는 소리 나지 않게 컵에 물을 살짝 따르고 상자를 천천히 열었습니다. 그러고는 상자 안에 든 것을 한입에 털어넣고 컵에 담긴 물을 침착하게 마신 뒤 전등 스위치를 내리고 그대로 잠들었습니다.

사흘 밤낮을 죽은 듯이 누워 있었다고 합니다. 의사는 과실로 여기고 경찰에 신고하는 것을 미루게 했던 모양입니다. 의식이 돌아온 내 입에서 맨 먼저 튀어나온 헛소리는 "집에 돌아갈래"라는 말이었다고 합니다. 어느 집을 가리키는 말이었는지 당사자인 나도 모르겠습니다만, 아무튼 그렇게 중얼거리며 처량하게 울었다고 합니다.

안개가 걷히듯 몽롱한 기운이 가시자 매우 언짢은 표정으로 머리맡에 앉아 있는 넙치 씨가 눈에 들어왔습니다.

"지난번 일도 연말이었어. 안 그래도 눈알이 핑핑 돌 정도로 정신없이 바쁜데 꼭 연말을 노려서 이런 일을 저지르다니, 정말이지 내가 명대로 못 살겠다니까."

넙치 씨의 말을 듣고 있는 사람은 교바시 바의 마담이었습니다.

"마담."

나는 마담을 불렀습니다.

"어머, 정신이 돌아왔어?"

마담이 웃는 얼굴을 내 얼굴에 덮을 듯 갖다대고 물었습니다.

나는 눈물을 뚝뚝 흘리며 말했습니다.

"요시코와 헤어지게 해줘."

나조차 생각지 못했던 말이 나와버렸습니다.

마담이 몸을 똑바로 세우고 앉더니 가느다랗게 한숨을 내쉬었습니다.

그때 나는 또 나도 모르게 우스꽝스럽다고 해야 할지 바보 같다고 해야 할지 모를 실언을 내뱉고 말았습니다.

"나는 여자가 없는 곳으로 갈 거야."

넙치 씨가 "으하하!" 하고 너털웃음을 터뜨렸습니다. 마담도 킥킥거리며 웃었습니다. 나도 눈물을 흘리는 가운데 얼굴을 붉히며 쓴웃음을 지었습니다.

"그래, 그러는 게 좋겠어."

넙치 씨는 칠칠치 못하게 한참을 웃었습니다. 그러고는 이렇게 덧붙였습니다.

"여자가 없는 곳으로 가는 게 좋지. 여자가 있으면 이래저래 성가실 거야. 여자가 없는 곳이라, 생각 한번 잘했습니다."

여자가 없는 곳. 하지만 이 바보 같은 헛소리는 나중에 비참하기 짝이 없는 현실이 되어 나타났습니다.

요시코는 뭐랄까, 내가 자기 대신 독약이라도 먹었다고 생각하는지 전보다 더 내 앞에서 어쩔 줄 모른 채 내가 무슨 말을 해도 웃지도 않았고, 제대로 대꾸도 하지 못했습니다. 하루 종일 방 안에만 처박혀 있다 보니 나로서도 여간 답답한 게 아니었습니다. 결국 밖으로 나가서 늘 그랬던 것처럼 싸구려 술집을 찾아다녔습니다. 그런 터에 디알 사건 이후 몸이 몰라보게 여위고 손발에 힘이 없어 만화 그리는 일에도 소홀해졌습니다.

넙치 씨가 문병 왔을 때 두고 간 돈(넙치 씨는 그 돈이 시부타 씨의 마음이라면서도 마치 자기가 선심 쓰는 것인 양 내밀었습니다. 그런데 사실은 고향의 형들이 보낸 돈인 것 같았습니다. 아무튼 그 무렵 나는 넙치 씨네 집에서 도망 나왔던 때와는 달리 착한 척하는 넙치 씨의 연기를 어렴풋이나마 간파할 수 있었습니다. 그래서 능청맞게 아무것도 모르는 표정으로 얌전히 돈을 받으며 고맙다는 인사를 했습니다. 하지만 넙치 씨와 형들이 왜 그렇게 복잡한 수를 쓰는지 알다가도 모를 일이어서 기분이 아주 이상했습니다). 나는 그 돈으로 기분 전환도 할 겸 미나미이즈에 있는 온천에 갔습니다.

하지만 나라는 인간은 여유롭게 온천 여행 같은 것을 즐길 팔자도 못 되는지 자꾸만 요시코가 생각났고, 그러면 사무치게 외로워 여관방에서 차분히 산을 감상한다든지 할 만큼 마음이 편하지 않았습니다. 나는 여관에서 주는 도테라[23]로 갈아입지도 않고 온천에도 들어가지 않은 채 밖으로 뛰쳐나와 지저분한 찻집에 들어가서는 소주를 그야말로 들이붓듯 마시고 만신창이의 몸으로 도쿄로 돌아왔습니다.

도쿄에 큰 눈이 내린 밤이었습니다. 나는 술에 취해 긴자 뒷골목을 걸으며 "여기는 고향에서 몇백 리인가, 여기는 고향에서 몇백 리인가"[24]라고 나지막이 흥얼흥얼 노래하며 계속 내려 쌓이는 눈을 구두 끝으로 걷어차다가 구토를 했습니다.

그것이 최초의 각혈이었습니다. 눈 위에 커다란 일장기가 그려졌습니다. 나는 한동안 쭈그리고 앉아 있다가 깨끗한 눈을 두 손 가득 퍼서 얼굴을 씻으며 울었습니다.

여기는 어디 있는 오솔길일까?
여기는 어디 있는 오솔길일까?

여자아이의 애절한 노랫소리[25]가 환청처럼 멀리서 희미하게 들려왔습니다. 불행. 이 세상에는 별의별 불행한 사람들이 있습니다. 아니, 불행한 사람들만 있다고 해도 지나친 말은 아닐 것입니다. 그래도 사람들은 불행에 대해 '세상'에 대고 당당하게 항의할 수 있

23 솜을 넣어 따뜻하게 만든 방한용 덧옷.
24 러일전쟁 당시 일본 군가인 〈전우〉의 한 구절.
25 에도 시대부터 구전되어온 동요 〈도랸세〉의 가사 중 일부.

고, '세상'은 그 항의를 쉽게 이해하고 동정까지 하는 것 같습니다.

하지만 내 불행은 전부 내가 저지른 죄에서 비롯된 것이라 누구에게도 항의할 수 없습니다. 그런 데다 머뭇거린 끝에 겨우 한마디라도 항의 비슷한 말을 하면 넙치 씨를 비롯해 세상 사람들 모두 뻔뻔스럽게 잘도 지껄인다며 차가운 눈으로 바라볼 것이 뻔합니다. 어쨌거나 나는 사람들이 흔히 말하는 '자기만 아는 이기적인 놈'인지 아니면 '소심하기 짝이 없는 놈'인지 스스로도 알 수 없지만, 끝없이 불행을 자초하기만 하고 이를 막을 구체적인 방법은 없는 죄악 덩어리인 것만은 분명한 듯합니다.

나는 눈 위에서 일어나 우선 약이라도 먹어야겠다는 생각에 가까운 약국에 들어갔습니다. 그런데 약국 여주인과 마주한 순간, 상대방이 카메라 플래시 세례를 받은 사람처럼 갑자기 눈을 휘둥그레 뜨더니 그 자리에 얼어붙은 듯 꼼짝하지 않았습니다. 하지만 휘둥그레진 눈에는 경악하거나 혐오하는 기색이 전혀 없었습니다. 그 대신 구원을 요청하거나 연모하는 듯한 표정을 짓고 있었습니다.

나는 '이 부인도 틀림없이 불행한 사람이다. 불행한 사람은 다른 사람의 불행에도 민감하게 반응하게 마련이지'라고 생각했습니다. 그런데 문득 보니 부인은 목발을 짚고 위태롭게 서 있었습니다. 나는 얼른 다가가서 도와주고 싶은 충동을 억누르고 계속 부인과 얼굴을 마주하고 있었는데, 그러고 있자 눈물이 났습니다. 부인의 커다란 눈에서도 눈물이 흘러나와 뚝뚝 떨어졌습니다.

그뿐이었습니다. 한마디 말도 나누지 않은 채 약국을 나온 나는 비틀거리며 집으로 돌아왔습니다. 그러고는 요시코에게 소금물을 만들어달라고 해서 마시고 아무 말 없이 잠자리에 들었습니다. 이튿날도 감기 기운이 있다고 둘러대고는 온종일 퍼 잤습니다. 그러다 밤이 되자 자리에서 일어나 그 부인이 있는 약국에 갔습니다. 나만의 비밀인 각혈 때문에 불안해서 견딜 수 없었던 것입니다.

이번에는 부인에게 웃으면서 그때까지의 몸 상태에 대해 아주 솔직하게 털어놓고 상담했습니다.

"술을 자제하셔야 돼요."

우리는 마치 혈육 같았습니다.

"알코올 중독인지도 모르겠습니다. 지금도 마시고 싶거든요."

"안 돼요. 제 남편도 폐결핵에 걸린 처지에 술로 균을 죽일 수 있다느니 하면서 술에 젖어 살았어요. 결국 스스로 수명을 단축시켰던 거예요."

"불안해서 견딜 수가 없어요. 무섭기도 하고요. 어떻게 해야 할지 모르겠습니다."

"약을 드릴게요. 술은 꼭 끊으셔야 해요."

부인(남편은 죽고 아들이 하나 있는데, 지바인지 어디인지 의대에 들어갔지만 얼마 지나지 않아 아버지와 같은 병에 걸려 휴학하고 병원에 입원 중이라고 했습니다. 또 집에는 중풍에 걸린 시아버지가 있으며, 부인 자신은 다섯 살 때 앓은 소아마비로 한쪽 다리를 전혀 쓸 수 없었다고 했습니다)은 목발을 짚어가면서 저쪽 선반, 이쪽 서랍을 오가며 이 약 저 약 정성스레 챙겨주었습니다.

이것은 조혈제.

이것은 비타민 주사액. 주사기는 이것.

이것은 칼슘 알약. 위장병이 생기지 않게 하는 디아스타제.

부인은 그렇게 대여섯 가지의 약품에 대해 애정 어린 설명을 해주었습니다. 하지만 이 불행한 부인의 애정 또한 내게는 과분한 것이었습니다.

마지막으로 부인은 술을 마시고 싶어 도저히 견딜 수 없을 때 어쩔 수 없이 먹는 약이라며 작은 상자를 종이에 재빠르게 싸서는 내게 건넸습니다.

그것은 모르핀 주사액이었습니다.

부인은 술보다 해롭지 않을 것이라 말했고, 나도 그렇게 믿었습니다. 결국 술에 취한 내 모습이 불결하게 느껴지는 데다 오랜만에 알코올이라는 사탄에게서 벗어날 수 있다는 기쁨을 기대했기 때문에 조금도 망설이지 않고 내 팔에 모르핀 주사를 놓았습니다.

불안감도 초조함도 부끄러움도 깨끗이 사라진 기분이었고, 나는 스스로도 몰라볼 정도로 쾌활한 달변가가 되었습니다. 그 주사를 놓으면 몸이 쇠약해진 것도 잊은 채 만화 그리는 일에 몰두할 수 있었습니다. 게다가 만화를 그리는 동안 웃음이 터져나올 정도로 기발한 아이디어가 떠오르기도 했습니다.

하루에 한 대만 놓으려 했는데, 그것이 두 대가 되더니 어느새 네 대가 되었습니다. 그렇게 되자 모르핀이 없으면 일을 못할 지경에 이르렀습니다.

"안 돼요. 중독되면 정말 큰일 나요."

약국 부인의 말을 듣자 이미 심각한 중독자가 된 듯한 기분이 들었고(나는 남들의 암시에 너무나 쉽게 걸려드는 성격입니다. '이 돈을 쓰면 절대로 안 돼'라고 말해놓고는 '너니까 어떨지 모르지만' 같은 모호한 말을 덧붙이면, 왠지 쓰지 않으면 안 될 것 같고 기대를 저버리는 것도 같은 묘한 착각이 들어 곧바로 그 돈을 써버리곤 했습니다), 그런 중독에 대한 불안감을 견디지 못해 오히려 약을 더 많이 찾게 되었습니다.

"부탁합니다! 한 상자만 더 주세요. 계산은 이번 월말에 반드시 할 겁니다."

"계산 같은 건 언제 해도 상관없어요. 문제는 경찰이 귀찮게 한다는 거예요."

그렇지 않아도 내 주위에는 왠지 모르게 탁하고 어두우며 수상쩍은 음지의 기운이 늘 맴도는 것 같았습니다.

"그건 어떻게든 얼버무려 넘기세요. 부탁합니다, 부인. 제가 키스해드릴게요."

내 말에 부인이 얼굴을 붉혔습니다.

나는 한 걸음 더 다가섰습니다.

"부인, 저는 약이 없으면 일이 전혀 손에 잡히지 않아요. 저한테는 그게 정력제나 마찬가지예요."

"그럼 차라리 호르몬 주사를 맞는 게 어떤가요?"

"무슨 말씀을 하시는 겁니까? 술 아니면 그 약입니다. 두 가지 중 하나가 없으면 일을 전혀 못한단 말입니다."

"술은 안 돼요."

"알아요. 나는요, 그 약을 쓴 뒤로 술은 한 방울도 입에 대지 않았어요. 덕분에 몸도 굉장히 좋아졌고요. 언제까지 형편없는 만화 따위만 그릴 생각은 없어요. 앞으로 술을 끊고 건강도 챙겨서 열심히 공부해 반드시 훌륭한 화가가 될 거예요. 지금이 중요한 시기이니 부탁합니다. 네? 키스해드릴게요."

부인이 웃음을 터뜨리며 말했습니다.

"이거 참 난감하네. 중독돼도 나는 책임 안 져요."

부인은 달깍달깍 목발 소리를 내며 약을 선반에서 꺼냈습니다.

"한 상자는 못 줘요. 금방 다 써버리니까요. 반만 드릴게요."

"인색하시네요. 할 수 없죠, 뭐."

나는 집으로 돌아오자마자 주사를 한 대 놓았습니다.

"아프지 않아요?"

요시코가 쭈뼛거리면서 눈치를 보며 물었습니다.

"당연히 아프지. 하지만 일의 능률을 올리려면 아파도 맞아야 하는 거야. 나 요즘 꽤 건강해 보이지 않아? 자, 일하자! 일, 일!"

나는 일부러 들뜬 목소리로 떠들었습니다.

한밤중에 약국 문을 두드린 적도 있었습니다. 잠옷 바람으로 목발을 짚고 나온 부인을 다짜고짜 껴안고 키스하며 우는 시늉을 했습니다.

부인은 말없이 한 상자를 내밀었습니다.

약이 소주와 마찬가지로, 아니 그 이상으로 불결하고 몹쓸 것이라는 사실을 뼈저리게 깨달았을 때, 나는 이미 빼도 박도 못하는 중독자가 되어 있었습니다. 그야말로 인면수심의 극치를 보여주는 일이었습니다. 약을 얻고 싶은 나머지 또다시 춘화를 베껴 그리기 시작했고, 불구인 약국 부인과 문자 그대로 추잡한 관계까지 맺었습니다.

죽고 싶다. 차라리 죽어야 한다. 이제 돌이킬 수 없다. 무슨 일을 어떻게 하든 망가지기만 할 뿐이다. 부끄러움에 부끄러움만 더할 뿐이다. 자전거를 타고 신록이 우거진 숲속 폭포로 가는 일, 나 같은 놈한테는 어울리지 않는다.

추잡한 죄에 한심한 죄가 겹쳐서 고뇌는 더욱 커지고 강해졌습니다. 정말로 죽고 싶었습니다. 죽어야만 할 것 같았습니다. 내게 산다는 것은 그 자체가 죄악의 씨앗이었습니다. 이런 생각에 빠져 있으면서도 나는 변함없이 집과 약국을 반미치광이가 된 채 오갔습니다.

일을 제법 많이 했지만, 그만큼 약의 사용량이 늘었기 때문에 약값으로 진 빚이 어마어마한 액수로 불어났습니다. 부인은 내 얼굴만 보면 눈물을 글썽거렸고, 나도 덩달아 눈물을 흘렸습니다.

지옥.

이 지옥에서 벗어나기 위한 마지막 수단, 이것이 실패하면 목을 매는 수밖에 없다. 하느님의 존재를 놓고 내기를 할 정도로 마음을 굳게 먹고는 고향의 아버지 앞으로 긴 편지를 써서 내 사정을 소상히(여자와 관련된 일은 차마 쓸 수 없었습니다) 고백하기로 했습니다.

그런데 그것은 더 나쁜 결과만 낳았습니다. 아무리 기다려도 답장은 오지 않았고, 나는 초조하고 불안해서 약의 양을 더 늘렸습니다.

밤에 주사 열 대를 한번에 놓고는 강에 뛰어들자고 굳게 각오한 날 오후, 넙치 씨가 악마의 육감으로 냄새를 맡았는지 호리키를 데리고 나타났습니다.

"너, 각혈했다며?"

내 앞에서 책상다리를 하고 앉은 호리키가 그렇게 묻고는 그때까지 한 번도 본 적 없는 다정한 미소를 지어 보였습니다. 그 미소가 얼마나 고맙고 기쁘던지 나는 그만 고개를 돌리고 흐느껴 울었습니다. 호리키의 다정한 미소 하나에 완전히 무너져 매장되었던 것입니다.

나는 곧 자동차에 태워졌습니다.

"일단 입원부터 해야겠어요. 뒷일은 우리한테 맡겨요."

넙치 씨가 자비롭다고 표현하고 싶을 정도로 차분한 말투로 말했습니다. 나는 의지력도 판단력도 무엇도 없는 사람처럼 마냥 훌쩍훌쩍 울면서 두 사람이 하자는 대로 순순히 따랐습니다. 요시코를 포함해 우리 네 사람은 꽤 오랫동안 자동차 안에서 흔들리다 주변이 어둑어둑해질 무렵 숲속에 있는 커다란 병원의 현관에 도착했습니다.

나는 그곳이 결핵 환자들이 생활하는 요양원인 줄 알았습니다.

젊은 의사는 지나치다 싶을 정도로 부드럽고 정중한 태도로 나를 진찰했습니다. 그러고 나서는 쑥스러운 듯 미소를 지으며 이렇게 말했습니다.

"한동안 여기서 요양을 하셔야겠네요."

넙치 씨와 호리키와 요시코는 거기에 나만 남겨두고 돌아간다고 했습니다. 요시코가 갈아입을 옷가지가 들어 있는 보따리를 건네더니 허리띠 틈에서 주사기와 쓰다 남은 그 약을 꺼내 말없이 내밀었습니다. 요시코는 그 약을 정력제로만 알고 있었던 모양입니다.

"아니, 이제는 필요 없어."

내가 생각해도 정말 신기한 일이었습니다. 누군가가 권했는데 단박에 거부한 일은 내 인생을 통틀어 그때가 처음이자 마지막이었다 해도 지나친 말은 아닐 것입니다. 내 불행은 거부할 능력이 없는 자의 불행이었습니다. 권하는 것을 거부하면 상대방 마음에도, 내 마음에도 영원히 메울 수 없는 커다란 틈이 생길 거라는 두려움에 괴로워했습니다. 그럼에도 그때 나는 반미치광이처럼 갈구하던 모르핀을 너무나 자연스럽게 거부했습니다. 이를테면 요시코의 '천진난만한 무지'에 감동한 것일까요? 어쩌면 그 순간 중독에서 벗어났던 것일지도 모릅니다.

그런데 나는 곧 쑥스러운 듯 미소를 띤 젊은 의사의 안내로 한 병동에 들어갔습니다. 그러자마자 철커덕, 자물쇠가 채워졌습니다.

그곳은 정신병원이었던 것입니다.

디알을 먹었다 깨어났을 때 여자 없는 곳에 가겠다고 내뱉은 어리석은 헛소리가 기묘하게도 실현된 셈이었습니다. 그 병동에는 남자 환자뿐이었습니다. 간호사도 남자였습니다. 여자는 한 명도 보이지 않았습니다.

이제 나는 죄인 정도가 아니라 미치광이가 되었습니다. 아니, 나는 절대로 미치지 않았습니다. 맨정신이라고 자신 있게 말할 수 있습니다. 단 한순간도 미친 적이 없었습니다.

하지만 아아, 미치광이는 대부분 그렇게 말한다고 들었습니다. 결국 이 병원에 갇힌 자는 미치광이, 갇히지 않은 자는 정상인이라고 보아야 할 것 같았습니다.

하느님에게 묻습니다. 무저항은 죄인가요?

호리키의 뭐라고 표현할 수 없는 그 신비하고 아름다운 미소 때문에 흐느껴 울었고, 무엇이 무엇인지 판단하지도 못하고 저항하는 것도 잊은 채 자동차를 탔으며, 졸지에 정신병원에 갇혀 미치광이 신세가 되었습니다. 언젠가 이곳에서 나가더라도 내 이마에는 미치광이, 아니 폐인이라는 낙인이 찍혀 있을 것입니다.

인간 실격.

이제 나는 더 이상 인간이 아닙니다.

이곳에 온 것은 초여름 무렵이었습니다. 쇠창살이 달린 창문 너머로 병원 정원의 자그마한 연못에 피어 있는 붉은 수련이 보였습니다.

그 석 달 뒤 정원에 코스모스가 피기 시작할 즈음, 생각지도 않은 사람이 찾아왔습니다. 고향의 큰형과 넙치 씨가 나를 데리고 나가겠다고 병원에 왔던 것입니다.

큰형은 아버지가 지난달 말 위궤양으로 돌아가셨다며 이렇게 말했습니다.

"우리는 더 이상 네 과거를 문제 삼지 않을 거야. 생활하는 데 큰 어려움 없도록 해줄게. 이제부터는 아무것도 하지 않아도 좋아. 그 대신 여러 가지 미련도 있겠지만, 당장 도쿄를 떠나 시골에서 요양하도록 해. 네가 도쿄에서 일으킨 이런저런 사건의 뒷수습은 시부타 씨가 맡아서 해주었으니까 걱정하지 말고."

큰형은 언제나 그렇듯 진지하면서도 긴장한 말투였습니다.

큰형의 말을 듣자 문득 고향의 산과 강이 눈앞에 보이는 것 같았습니다. 나는 아무 말도 하지 않고 고개를 천천히 끄덕였습니다.

완벽한 폐인.

아버지가 돌아가셨다는 사실을 알게 된 나는 점점 더 얼빠진 사람이 되었습니다. 아버지는 세상에 없다고, 내 마음에서 한순간도 떠나지 않았던 그 그립고도 두려운 존재는 이제 없다고 생각하자 고뇌의 항아리가 텅 비어버린 듯한 느낌이 들었습니다. 내 고뇌의 항아리가 터무니없이 무거웠던 것도 전부 아버지 때문이 아니었나 하는 생각도 들었습니다. 모든 의욕이 흔적도 없이 사라져버렸습니다. 고뇌할 힘조차 남아 있지 않았습니다.

큰형은 내게 한 약속을 하나부터 열까지 확실하게 지켰습니다.

고향에서 기차를 타고 네다섯 시간 남쪽으로 내려온 곳에 도호쿠 지방에서는 보기 드물게 따뜻한 바닷가 온천 마을이 있었습니다. 그 마을 외곽에 방이 다섯 개나 되는, 꽤 오래되어 보이는 집이 있었습니다. 큰형은 벽이 군데군데 벗겨진 데다 기둥은 벌레 먹어 어떻게 수리해야 할지 모를 정도로 허름한 그 집을 내 앞으로 사놓았습니다. 그러고는 예순 살 가까운 붉은 머리의 못생긴 식모 한 명을 붙여주었습니다.

그 집에서 3년 조금 넘게 사는 동안 데쓰라는 늙은 식모에게 몇 차례 이런저런 이상한 짓을 당했습니다. 둘이서 이따금 부부 싸움 비슷한 것을 하기도 했는데, 내 가슴 쪽 병세가 호전과 악화를 반복하면서 체중도 늘었다 줄었다 했고 혈담 또한 나왔다 안 나왔다 했습니다.

어제는 데쓰에게 칼모틴을 사오라고 마을 약국에 심부름을 보냈습니다. 그런데 여태까지와는 다른 모양의 상자에 든 칼모틴을 사왔습니다. 나는 특별히 신경 쓰지 않고 자기 전에 열 알을 먹었습니다. 그럼에도 잠이 오지 않아 이상하게 여기던 차에 속이 불편해서 황급히 변소로 달려갔습니다. 맹렬한 기세로 설사가 쏟아져나왔습니다. 그 뒤로도 연달아 세 번이나 변소를 들락거렸습니다. 아무래도 수상쩍어 약상자를 살펴보았더니 그것은 헤노모틴이라는 설사약이었습니다.

천장을 향해 똑바로 누워 배에 따뜻한 물주머니를 얹고는 데쓰에게 잔소리를 좀 해야겠다고 생각했습니다.

"이건 칼모틴이 아니라 헤노모틴이라는…."

나는 말하다 말고 소리 내어 "우후후후" 하고 웃었습니다. 아무래도 '폐인'은 희극 명사 같습니다. 잠들려고 먹은 약이 설사약인데, 그 설사약 이름이 하필 헤노모틴[26]이라니.

지금 내게는 행복도 불행도 없습니다.

모든 것은 지나갑니다.

내가 지금껏 지옥 같은 삶을 살아온 이른바 '인간' 세계에서 다만 한 가지 진리처럼 여긴 것은 이 사실뿐입니다.

모든 것은 지나갑니다.

나는 올해 스물일곱입니다. 흰머리가 눈에 띄게 늘어서인지 사람들 대부분은 나를 마흔 넘은 나이로 봅니다.

26 일본어로 '방귀를 가진'이라는 뜻도 된다.

맺는말

나는 이 수기를 쓴 미치광이를 직접 알지는 못한다. 하지만 이 수기에 나오는 교바시 스탠드바 마담으로 짐작되는 인물은 조금 알고 있다. 자그마한 몸집에 안색이 창백하고 눈꼬리가 가늘게 치켜올라간 데다 콧날이 오뚝한, 미인이라기보다 미남이라는 말이 어울릴 만큼 단단한 인상을 주는 사람이었다.

이 수기에는 1930년부터 1932년 무렵까지의 도쿄 풍경이 주로 묘사되어 있는 듯한데, 내가 친구들 손에 이끌려 교바시의 스탠드바에 두세 번 들러서 하이볼 같은 음료를 마신 때는 일본 '군부'가 슬슬 노골적으로 날뛰기 시작하던 1935년 전후이므로 이 수기를 쓴 남자를 직접 만날 기회는 없었다.

그런데 올해 2월, 나는 지바현 후나바시에 피란 가 있는 한 친구를 찾아갔다. 그 친구는 대학 시절 동기로, 지금은 어느 여자대학에서 강사로 일한다. 사실 나는 이 친구에게 친척의 혼담을 부탁한 일도 있어 그 일도 알아볼 겸 무언가 싱싱한 해산물이라도 사서 식구들을 먹여야겠다고 생각하고는 배낭을 메고 후나바시로 떠났던 것이다.

후나바시는 흙탕물처럼 누런 바다를 끼고 있는 꽤 큰 도시였다. 새로 이주해온 주민인 친구의 집은 그 동네 사람들에게 주소를 대고 물어도 좀처럼 찾을 수 없었다. 추운 데다 배낭을 멘 어깨가 아프던 차에 레코드의 바이올린 소리에 이끌려 어느 찻집의 문을 밀고 들어갔다.

그곳 마담이 어쩐지 낯이 익어서 물어보았더니 바로 10년 전 교바시의 그 작은 바에 있던 마담이었다. 마담도 나를 금세 기억해낸 것 같았고, 우리 둘은 서로 놀라 호들갑을 떨며 요란하게 웃었다. 게다가 이런 경우 다들 그렇듯, 공습으로 집이 홀라당 불타버렸다는 등의 경험담을 서로 묻지도 않았는데 자랑처럼 늘어놓았다.

"그나저나 마담은 하나도 안 변했네요."

"안 변하긴요, 이제는 할머니인걸요. 벌써부터 몸이 삐걱삐걱해요. 당신이야말로 여전히 젊네요."

"젊긴 뭐가 젊어요, 애가 셋이나 있는데. 오늘은 애들 먹을거리를 좀 사려고 나와봤어요."

그렇듯 오랜만에 만난 사람들이 으레 하는 인사를 나누고 나서 우리는 두 사람 모두 아는 이들의 소식을 서로 물어보았다. 그러던 중 마담이 갑자기 말투를 바꾸어 물었다.

"혹시 요조라고 아세요?"

"모르는데요."

내가 대답하자 마담은 안으로 들어가더니 노트 세 권과 사진 석 장을 들고나와 내게 건넸다.

"소설의 소재가 될지 어떨지 모르겠네요."

나는 남들이 떠맡기듯 주는 소재로는 글을 쓰지 못할 것 같아 그 자리에서 바로 돌려주려다 사진에(석 장의 사진, 그 기괴함에 대해서는 이 글의 첫 부분에 쓰여 있다) 마음이 끌려 일단 노트를 받아두기로 했다. 그러고는 돌아오는 길에 다시 들르겠다고 말한 뒤 어느 동네 몇 번지의 아무개라는 여자대학 선생 집을 아냐고 물었다.

새로 이사를 온 주민끼리는 서로 알고 지내는 모양이었다. 그 친구는 이따금 그 찻집에도 들른다 했고, 집은 바로 근처였다.

그날 밤 그 친구와 가볍게 술 한잔을 나누고 그 집에서 하룻밤 묵었는데, 나는 아침까지 한숨도 자지 않은 채 노트에 적힌 글을 다 읽었다.

그 수기의 내용은 한참 전의 이야기였지만, 요즘 사람들이 읽어도 꽤 흥미를 느낄 게 틀림없었다. 어설픈 글솜씨로 그 내용을 건드리기보다는 아무 잡지사에나 부탁해서 그대로 발표하는 편이 훨씬 의미 있는 일인 것 같았다.

아이들에게 줄 해산물은 건어물뿐, 나는 배낭을 메고 친구 집을 나와 그 찻집에 들렀다.

"어제는 정말 고마웠습니다. 그런데…."

나는 곧바로 용건을 꺼냈다.

"이 노트, 얼마 동안 빌려주실 수 있나요?"

"네, 그렇게 하죠."

"이 사람, 아직 살아 있습니까?"

"글쎄요, 그건 전혀 모르겠어요. 10년 전쯤에 교바시의 가게로 그 노트랑 사진이 소포로 왔어요. 그런데 보낸 사람은 요조가 틀림없을 텐데도 소포에는 요조의 주소도, 이름도 적혀 있지 않았죠. 아무튼 공습 때 다른 물건들과 섞여 신기하게도 멀쩡하게 남았는데, 얼마 전 처음으로 전부 읽어보고…."

"울었나요?"

"아뇨, 울었다기보다는…, 끝났구나 싶었어요. 인간이 그렇게까지 되면 끝날 수밖에 없겠죠."

"그 뒤로 10년이 지났으면, 이미 죽었을지도 모르겠네요. 이건 당신에 대한 감사의 뜻으로 보낸 것이겠지요. 조금 과장해서 쓴 부분도 없지 않아 있지만, 당신도 여러모로 피해를 입은 것 같네요. 이게 전부 사실이라면, 그리고 내가 이 사람의 친구였다면, 나 또한 정신병원에 데려가고 싶어 했을지도 모르겠습니다."

"그 사람 아버지가 나빴어요."

마담이 무심하게 말했다.

"우리가 아는 요조는 아주 순수한 데다 남 배려할 줄도 알고, 술만 마시지 않으면, 아니 마셔도… 천사같이 착한 아이였어요."

다자이 오사무의 생애

다자이 오사무太宰治는 1909년 6월 19일, 일본 혼슈의 북쪽 끝에 있는 아오모리현 기타쓰가루군 가나기무라에서 대지주 쓰시마 가문의 11남매 가운데 열 번째로 태어났다. 본명은 쓰시마 슈지津島修治고, 다자이 오사무는 필명이다. 아버지 쓰시마 겐에몬津島源右衛門은 중의원 의원으로 유력 정치가이자 가나기무라의 영주로 불릴 정도로 내로라하는 지역 유지였다. 다자이 오사무는 경제적으로 풍요로운 가정에서 무엇 하나 부족한 것 없이 자랐다. 하지만 아버지는 늘 정치 활동과 사업으로 바빴고, 어머니는 병약했기 때문에 어린 시절 대부분을 숙모나 유모와 함께 보냈다.

다자이 오사무는 대지주인 부유한 가정에서 물질적으로 풍족하게 성장했지만, 오히려 이런 환경이 그의 삶에 어두운 그림자를 드리웠고 그의 의식을 옥죄었다. 최고급 노송나무로 지은 호화로운 저택, 서른 명쯤 되는 하인, 가문 문장이 새겨진 마차를 타고 학교에 다닌 아이라면 스스로 특별한 존재라고 여길 법하다. 더구나 학창 시절 수재라는 말을 들을 만큼 공부까지 잘했다면 엘리트 의식에 젖어 있을 만도 하다. 하지만 다자이 오사무의 경우는 그 반대였다. 그는 자기 집안이 가난한 농민들에게 농지를 빌려주고 비싼 소작료를 받거나 고리대금으로 부를 축적한 사실을 알고 고민하며 방황했다. 더욱이 당시 일본의 젊은이들 사이에 퍼진 마르크스주의를 접하며 대지주의 아들이라는 사실에 죄책감을 느꼈다. 그런 터에 가부장적인 분위기가 강한 집안의 열 번째 자식, 아들로는 여섯 번째라서 눈에 띄지 않아도 굳이 찾지 않는 식의 홀대를 받으며 자랐다. 드넓은 저택에서 자기 방이 없었고, 부모님의 사랑을 받지 못한 채 하인들과 친밀하게 지냈다. 그렇다 보니 스스로 집안의 애물단지처럼 여겼고, 사회적으로도 아웃사이더라는 의식을 갖게 되었다. 스무 살 때는 자신의 출신 때문에 괴로워한 나머지 수면제인 칼모틴을 다량 복용하고 자살을 시도하기도 했다.

다자이 오사무는 고향의 히로사키 고등학교를 졸업하고 도쿄제국대학 불문학과에 입학했다. 하지만 걸핏하면 결석한 데다 학업을 소홀히 한 채 집에서 보낸 돈으로 퇴폐적이고 향락적인 생활을 누렸다. 게다가 마르크스주의에 빠져 좌익 활동에 참여했다. 그러나 오래 활동하지는 않았다. 혁명을 위해 수단을 가리지 않는 식의 정치 활동에 위화감을 느낀 데다 자신은 혁명 세력이 될 만한 인물이 못 된다는 식의 좌절감을 느꼈기 때문이다. 그렇지 않아도 착취의 죄업을 짊어진 대지주의 아들이라는 자괴감에 괴로워했는데 좌익 활동에도 좌절하자 자멸만이 세상을 위한 봉사라 생각하고,

1930년 11월 스물하나의 나이에 카페 여종업원 다나베 시메코田部シメ子와 가마쿠라에서 칼모틴을 먹고 동반자살을 꾀했다. 하지만 시메코만 사망하고, 그는 자살방조 혐의로 구속되었다가 기소유예로 풀려났다. 다자이 오사무는 이 사건으로 죄책감에 시달렸지만 얼마 뒤 고등학교 때 알게 된 아오모리 출신의 게이샤 오야마 하쓰요小山初代를 도쿄로 불러들여 그녀와 동거하기 시작했다. 학업을 소홀히 하는 데다 좌익 활동을 벌이고 게이샤와 동거까지 하는 사실이 고향 집에 알려지자 매달 들어오는 돈줄이 끊겨 경제적 어려움에 빠졌다. 그에 따라 자존감은 바닥에 떨어졌고, 생활은 속수무책으로 누추해졌다.

그런 어두운 생활에서 희망의 등불처럼 그를 이끈 유일한 것은 글쓰기였다. 다행히 그는 글재주가 뛰어났다. 일찍이 고등학교 때 동인지《세포문예》를 창간하고 아버지의 방탕한 생활과 위선을 폭로한 소설〈무한나락〉을 발표했고, 지주를 비판하는 내용의〈지주일대〉를 쓰기도 했다. 이후 그의 글재주를 인정한 사람을 만났는데,《검은 비》로 유명한 소설가 이부세 마스지井伏鱒二였다. 다자이 오사무는 이부세 마스지의 문하생으로 들어가 본격적으로 글을 쓰기 시작했다. 첫 번째 작품이 1932년부터 쓰기 시작한〈추억〉이었다. 어린 시절 겪은 일을 회상하며 쓴 이 작품은 첫사랑의 풋내 가득한 성장소설로 1년 뒤 출간되었다. 1933년에는 단편소설〈열차〉를 발표했다. 이때 처음으로 본명 대신 '다자이 오사무'라는 필명을 썼다. 1935년에는 문학잡지《문예》에〈역행〉을 발표해 문단의 주목을 받았다. 하지만 생활고에 시달려 취업하려고 미야코 신문사 입사 시험에 응시했으나 낙방했다. 그는 절망한 나머지 가마쿠라에서 목매어 자살을 시도했으나 미수에 그쳤다.

묘하게도 다자이 오사무는 좌절과 절망의 나락에 떨어져 허우적거리는 듯하면서도 꾸준히 작품을 썼다. 1936년에는 그동안 쓴 단편을 모은《만년》을 세상에 내놓았다. 이 단편집이 출간되자 특히 문학청년들은 천재가 나타났다며 크게 반겼다. 같은 해 8월에는《역행》이 제1회 아쿠타가와상 후보에 올랐다. 이 소식에 다자이 오사무는 무척 설레었다. 하지만 차석에 그쳤고, 낙선의 충격으로 마약에 손댔다가 중독이 되어 자기부정과 파멸의 길로 치달았다. 그러자 그 모습을 지켜보며 걱정하던 사람들이 중독을 치료하기 위한 조치라고 속여 그를 정신병원에 입원시켰다. 이에 다자이 오사무는 믿었던 선배와 친구들에게 배신감을 느끼고 주변 사람들이 자신을 정신이상자로 볼 거란 생각에 절망했다. 그는 그 경험을 바탕으로〈휴먼 로스트HUMAN LOST〉라는 작품을 썼다. 난잡한 문체로 휘갈겨 쓴 듯한 산문시 형식의 이 작품은 1년 뒤 발표하는《인간실격》의 원형이 되었다.

다자이 오사무는 정신병원에서 한 달쯤 입원했다가 퇴원했지만 여전히 약물에 의존하는 생활에서 벗어나지 못했다. 그런 터에 사실혼 관계를 유지하던 오야마 하쓰요가 다른 남자와 간통한 사건까지 벌어졌다. 이에 절망한 다자이 오사무는 하쓰요와 함께 군마현 미나카미 온천에서 동반자살을 꾀했지만 이 또한 미수에 그쳤다. 이제 그에게는 글 쓸 기력도 남아 있지 않았다. 그저 정서적으로 불안한 가운데 술과 약물에 의존하며 황폐하고 허무한 나날을 보낼 뿐이었다. 그런 그에게 스승인 이부세 마스지가 결혼을 권하자, 그는 한 집안의 가장 겸 건전한 소시민으로 살고 싶은 마음에

1938년 이시하라 미치코石原美知子와 약혼했다. 그러고는 이듬해 이부세 마스지의 집에서 결혼식을 올린 뒤 야마나시현 고후시에 신혼살림을 차렸다.

다자이 오사무는 결혼한 뒤 왕성한 창작 활동을 이어나갔다. 작풍도 크게 달라졌다. 〈만년〉, 〈허구의 봄〉, 〈20세기 기수〉처럼 실험적인 만큼 허점 많은 소설에서 벗어나 〈여학생〉(1939), 〈유다의 고백〉(1940), 〈달려라 메로스〉(1940), 〈겨울의 불꽃놀이〉(1942), 〈후지백경〉(1943), 〈쓰가루〉(1944), 〈옛날이야기〉(1945), 〈봄의 고엽〉(1946) 같은 예술성이 뛰어나고 내용도 알찬 소설을 발표하며 작가로서 눈부신 활약을 펼쳤다. 또 1947년에는 전쟁에서 패한 일본 사회의 혼란과 현실을 반영한 〈사양〉을 발표했는데, 이 작품으로 전후 일본 최고의 작가라는 찬사와 함께 사카구치 안고坂口安吾, 이시카와 준石川淳, 오다 사쿠노스케織田作之助 등과 더불어 전위 문학을 주도하는 무뢰파無頼波 작가이자 데카당스(퇴폐주의) 문학을 대표하는 소설가로 입지를 굳혔다.

다자이 오사무는 〈사양〉을 통해 유명 작가가 되었지만 인간 세상을 바라보는 절망적인 시선은 더욱 깊어졌고, 숙명과도 같은 자기부정과 파멸의 정서적 암울함은 한층 짙어졌다. 숱한 좌절과 절망, 그로 인한 자살 시도로 어두운 과거의 삶에서 자유로울 수 없었던 그의 작가적 본능은 그 모든 것을 작품에 토로하도록 부추겼다. 그 작품이 바로 《인간 실격》이었다. 그는 마지막 남은 삶의 에너지를 몽땅 쏟아붓듯 1948년 3월부터 5월까지 《인간 실격》을 쓰는 데 집중했다. 그러고는 6월 13일 밤, 이 세상에 더는 미련이 남아 있지 않은 듯 〈굿바이〉라는 신문 연재소설 원고를 남기고 도쿄 미타카의 다마강 수원지에서 연인 야마자키 토미에山崎富榮와 함께 투신 자살했다. 서른아홉 생일을 일주일 앞둔 때였다.

《인간 실격》에 대하여

비록 젊은 나이에 죽었지만 다자이 오사무의 작가적 위상은 그의 삶을 반영한 자전적 소설《인간 실격》을 통해 더욱 견고해졌다. 이 작품은 그의 사후 1000만 부 이상 판매되며 다자이 오사무를 일본 근대문학을 대표하는 작가의 반열에 올려놓았다.《인간 실격》은 오늘날에도 연극과 드라마와 영화로도 제작되어 많은 사랑을 받고 있다.

'나'라는 화자가 이야기를 이끌어나가는《인간 실격》은 머리말과 맺는말, 그리고 세 편의 수기로 구성되어 있다. 세 편의 수기는 "나는 그 남자의 사진 석 장을 본 적 있다"라는 '머리말'의 첫 문장에 나오는 사진 석 장의 이미지를 풀어낸 듯 감각적이며 시적이다. 그런데 사진 속 나, 즉 요조의 모습은 어린 시절부터 께름칙하고 섬뜩하다. 어린아이다운 순수함은커녕 역겨운 기분이 드는 표정이다. 좀 더 성장한 뒤의 모습도 여전히 기묘하다. 잘생긴 청년이지만 왠지 모르게 으스스한 기운을 풍긴다. 마지막 세 번째 사진은 화롯불에 양손을 쬐다 그대로 죽은 듯 음산하면서도 불길한 느낌을 준다. 허무주의 분위기가 짙은 '머리말'을 읽는 순간 독자는 작품 전체를 향한 기대감과 요조의 신변에 관한 불길한 예감을 동시에 느낄 것이다.

"너무나 부끄러운 삶을 살았습니다"라는 요조의 고백으로 시작되는 '첫 번째 수기'에서 알 수 있듯 이 작품은 전체적으로 부끄러운 일이 많은 삶을 산 요조가 인간으로서의 자격을 상실해가는 과정을 보여준다. 시골의 부잣집에서 태어난 요조는 너무나 순수해서 세상에 잘 적응하지 못한다. 그는 안으로 닫힌 세계에 살면서 인간을 믿지 못한다. 믿기는커녕 남을 속이고도 아무렇지 않게 웃으며 사는 인간이라는 존재에 공포를 느낀다. 그가 생각하는 세상은 그런 무서운 인간들이 사는, 거짓과 위선과 부조리와 불신만이 가득한 복마전 같은 곳이다. 결국 요조는 그런 세상에서 살아남기 위해 어릿광대짓이라는 삶의 가면을 쓰기로 한다.

그래서 생각해낸 것이 어릿광대짓이었습니다.

어릿광대짓은 인간에 대한 나의 마지막 구애 행위였습니다. 인간을 극도로 두려워하면서도 쉽게 단념하지는 못했던 것 같습니다. 나는 어릿광대짓이라는 한 가닥 실로 간신히 인간과 연결될 수 있었습니다. 말하자면 그것은 겉으로는 끊임없이 미소 지으면서도 속으로는 천 번에 한 번 성공할까 말까 할 정도의 위기의식에 진땀을 흘리며 필사적으로 매달리는 타인에 대한 서비스였습니다.

이렇듯 요조는 억지 미소를 지으며 속마음까지 숨긴 채 어릿광대짓을 하면서 인간 세상과 융화하기 위해 노력한다. 하지만 다른 사람은 물론이고 자신까지 속이며 사는 거짓되고 위선적인 삶이 결코 편할 수는 없을 것이다.

그 뒤로도 불안과 공포의 나날이 이어졌습니다.

겉으로는 변함없이 애처로운 어릿광대를 연기하면서 사람들을 웃겼지만, 이따금 나도 모르는 사이 무거운 한숨을 짓곤 했습니다. 무슨 짓을 하든 다케이치에게 낱낱이 들키고 머지않아 녀석이 아무에게나 말하고 다닐 게 틀림없다고 생각하니 이마에 식은땀이 솟아났습니다. 그리고 나는 미친 사람처럼 괴상한 눈빛으로 쓸데없이 주변을 두리번거리곤 했습니다. 할 수만 있다면 아침이든 점심이든 저녁이든 가리지 않고 하루 종일 다케이치 곁을 떠나지 않은 채 녀석이 비밀을 입 밖에 내뱉지 않도록 감시하고 싶은 마음 간절했습니다. 둘이 붙어 다니며 내 어릿광대짓이 '일부러' 한 것이 아니라 진짜였다고 믿도록 온갖 노력을 기울이고, 될 수 있으면 녀석과 둘도 없는 친구가 되고도 싶었습니다.

'두 번째 수기'에서 요조는 이렇게 같은 반 친구 다케이치가 자신의 정체를 폭로할까 봐 전전긍긍하며 그를 곁에 두려고 애쓴다. 그러는 한편, 자기를 믿도록 무릎을 베개 삼아 다케이치를 눕히고 귀 청소까지 하는 등 아주 다정하게 대한다. 그런 요조에게 다케이치는 "많은 여자들이 너한테 홀릴 거야"라고 말한다. 그런데 이 말은 여러 여자와 비극적 관계를 맺는 요조의 앞날에 대한 예언으로 작용한다. 요조는 또 다케이치의 "너는 훌륭한 화가가 될 거야"라는 말에 고무되어 화실에 다니는데, 거기서 호리키라는 미술학도를 만나 그를 통해 술과 담배와 매춘부와 전당포와 좌익 사상을 알게 된다.

호리키는 요조에게 새로운 세상을 보여준다. 늘 인간을 경계하기 때문에 요조는 호리키에게도 속마음을 털어놓지 않지만, 그와 함께 있으면 왠지 모르게 편안함을 느낀다. 어느 날 요조는 카페에서 일하는 유부녀 쓰네코를 알게 되고, 그녀와 하룻밤을 보낸다. 그리고 얼마 뒤 호리키와 그 카페에 갔는데, 호리키가 쓰네코에게 키스하려다 그만두고는 '아무리 여자에 굶주렸어도 이런 궁상맞은 여자'와는 하고 싶지 않다고 말한다. 이에 요조는 자신이 모욕을 당한 듯 치욕스러움과 슬픔을 느끼고 정신을 잃을 정도로 술을 마신다. 그러고는 그날 밤 쓰네코와 함께 가마쿠라 바다에 몸을 던진다. 하지만 쓰네코만 죽고 요조는 살아서 자살방조죄로 수감되었다가 기소유예로 풀려난다. 이 대목을 묘사한 '두 번째 수기' 마지막 문장이 묘한 여운을 남긴다.

나는 기소유예 처분을 받았습니다. 하지만 조금도 기쁘지 않았습니다. 기쁘기는커녕 오히려 비참한 기분에 사로잡힌 채 검사국 대기실 벤치에 앉아서 신원 인수인인 넙치 씨가 오기를 기다렸습니다.

등 뒤의 높은 벽에 뚫린 창으로 노을에 물든 하늘이 보였습니다. 갈매기가 '여女' 자와 비슷한 모양으로 하늘을 날고 있었습니다.

'세 번째 수기'는 요조가 스스로를 솔직하게 드러내고 사람들에게 애정과 신뢰를 기대하지만 결국 인간 세상으로부터 매장당하고 패배하는 과정을 그렸다. 요조는 쓰네코와 바다에 투신한 사건으로 고등학교에서 퇴학당하고 넙치라는 아버지의 지인 집에서 생활하다 눈치가 보이자 호리키의 집을 찾아간다. 거기서 호리키에게 삽화를 받으러 온 시즈코라는 잡지사 기자를 만난다. 요조는 시즈코에게 호감을 느끼고 다섯 살짜리 어린 딸이 있는 그녀에게 '빌붙어 사는 기둥서방 같은 생활'을 한다. 그는 함께 놀기도 하며 시즈코의 딸인 시게코를 살갑게 대한다. 그러다 시게코가 자기를 '아빠'라고 부르며 진짜 아빠가 있으면 좋겠다고 말하자 기겁하는데, 이 대목의 묘사도 인상적이다.

깜짝 놀랐습니다. 어질어질 현기증마저 일었습니다.

내가 시게코의 적인지, 시게코가 내 적인지 알쏭달쏭했습니다. 그러면서 여기에도 나를 두려움의 웅덩이에 빠뜨리는 무시무시한 어른이 있구나 싶었습니다. 타인, 이해할 수 없는 타인, 비밀투성이의 타인. 별안간 시게코의 얼굴이 그런 타인으로 보이기 시작했습니다.

시게코는 다를 줄 알았는데, 이 아이에게도 '느닷없이 쇠파리를 찰싹 때려죽이는 소의 꼬리'가 있었던 것입니다. 나는 그 뒤로 겁을 먹은 채 시게코의 눈치마저 살피게 되었습니다.

결국 요조는 자신이 시즈코와 시게코 모녀를 행복하게 해주기는커녕 둘의 인생을 엉망으로 만들 거라고 판단하고는 시즈코의 아파트에서 나온다. 그러고는 얼마 뒤 담배 가게 처녀인 요시코를 알게 되고, 그녀의 순수하고 친절한 마음씨에 반해 결혼한다. 그런데 놀러 온 호리키와 반대말 알아맞히기 놀이를 하던 중 요시코가 장사꾼에게 능욕당하는 사건이 일어난다. 요조는 호리키가 목격한 장면을 희미하게나마 엿보고 그 순간의 심정을 이렇게 토로한다.

> 그때 내 가슴을 덮친 감정은 분노도 혐오도 슬픔도 아닌, 무시무시한 공포였습니다. 그것도 묘지에 출몰하는 유령을 만났을 때의 공포가 아니라 신사의 삼나무 숲에서 흰옷 입은 신령 같은 존재와 맞닥뜨렸을 때 느낄 법한, 말로는 뭐라고 표현할 길이 없을 만큼 난폭한 태고의 공포감이었습니다.

요조는 그날 밤부터 흰머리가 나기 시작하고 모든 것에 자신감을 잃어간다. 게다가 사람을 밑도 끝도 없이 의심하고 세상에 대한 기대나 기쁨이나 공감 같은 것도 포기하기에 이른다. 그는 요시코가 능욕당한 장면을 지켜보기만 하고 자기에게 알린 호리키를 증오하며 원망한다. 또 요시코가 능욕당한 사실보다 사람에 대한 그녀의 무조건적인 신뢰와 순수한 마음이 배반당한 데 상처를 받는다. 결국 요조는 더 이상 살고 싶은 의지도 없는 데다 인간에 대한 환멸이 극에 달해 수면제를 먹고 자살을 시도한다. 하지만 실패하고 각혈을 하면서 약국 여주인에게 도움을 청한다. 약국 여주인은 마지못해 참을 수 없을 때 쓰라며 요조에게 모르핀 주사액을 처방해준다. 모르핀은 요조에게 새로운 세상을 열어주는 것으로 작용한다. 모르핀 주사를 맞으면 어떤 불안감도 초조함도 부끄러움도 깨끗이 사라지고 창작욕이 용솟음친다. 게다가 요조 스스로도 놀랄 정도로 명랑해지며 말을 술술 잘하게 된다. 결과적으로 요조는 모르핀에 중독되어 주사를 맞지 않으면 견딜 수 없는 지경에 이른다.

호리키와 넙치 씨와 요시코는 알코올뿐 아니라 모르핀에도 중독된 요조를 그냥 내버려둘 수 없어 결핵 치료를 하는 거라고 속여서 정신병원에 입원시킨다. 이에 요조는 사람들에 대한 배신감과 이제는 자신이 미치광이가 되어 인간으로서 완벽하게 실격되었다는 패배감으로 절망한다. 그런 데다 석 달 뒤 퇴원한 그는 아버지가 위궤양으로 세상을 떠났다는 소식을 듣고 실의에 젖는다. 큰형은 아버지를 잃은 슬픔과 함께 정신적으나 육체적으로 쇠약할 대로 쇠약해진 요조가 바닷가 온천 마을에서 요양할 수 있도록 거처를 마련해준다. 요조는 그곳에서 데쓰라는 늙은 식모와 함께 지내는데, '세 번째 수기' 마지막 문장은 다음과 같은 그의 독백으로 끝난다.

지금 내게는 행복도 불행도 없습니다.

모든 것은 지나갑니다.

내가 지금껏 지옥 같은 삶을 살아온 이른바 '인간' 세계에서 다만 한 가지 진리처럼 여긴 것은 이 사실뿐입니다.

모든 것은 지나갑니다.

나는 올해 스물일곱입니다. 흰머리가 눈에 띄게 늘어서인지 사람들 대부분은 나를 마흔 넘은 나이로 봅니다.

이 작품의 대미를 장식하는 '맺는말'에서 화자 '나'는 요조가 아닌 작가다. 작가인 나는 지바현 후나바시에 있는 대학 동기를 찾아가는 길에 그곳에 있는 어느 찻집에 들른다. 그런데 공교롭게도 나와 찻집 마담은 구면이다. 마담은 나와 함께 호들갑을 떨다가 느닷없이 요조를 아냐고 묻는다. 모른다고 대답하자 그녀는 방으로 들어가더니 노트 세 권과 사진 석 장을 들고나와서 소설의 소재가 될 지도 모르겠다며 내게 건넨다. 이는 세 편의 수기와 '머리말'에 언급된 석 장의 사진이다. 이튿날 나는 노트를 빌려달라고 부탁하러 찻집을 찾아간다. 그리고 요조에 대해 묻는데, 마담은 무심한 어조로 이렇게 대답한다.

"우리가 아는 요조는 아주 순수한 데다 남 배려할 줄도 알고, 술만 마시지 않으면, 아니 마셔도… 천사같이 착한 아이였어요."

다자이 오사무는 마담의 목소리를 빌려 이처럼 요조를 긍정적으로 평가한다. 요조는 평생을 죄책감과 부끄러움에 시달리며 살았지만, 다자이 오사무는 그런 그에게 연민을 느끼면서 요조야말로 누구보다 마음 따뜻하고 순수하며 선량하다고 생각했는지도 모른다.

작품 속의 요조처럼 다자무 오사무 역시 여러 차례 자살을 기도했다. 그리고 서른아홉이란 젊은 나이에 스스로 생을 마감했다. 이 때문에 이 책을 읽는 독자는 작품 속 요조와 다자이 오사무를 동일시하며 작가의 고뇌와 비극적 선택에 깊이 공감할 것이다.

다자이 오사무의《인간 실격》은 오늘날까지 꾸준한 사랑을 받고 있다. 그러나 한편에서는 이 작품을 읽으면 우울하고 맥이 빠진다며 부정적으로 보는 시각도 있다. 심지어 자기 파멸과 부정으로 얼룩진 데다 퇴폐적이고 나약하며 허무주의적이라고 비판하는 사람도 있다. 하지만 그럴지라도 작품 속 요조만큼 순수한 영혼은 찾기

쉽지 않을 테고, 《인간 실격》만큼 고독한 가운데 연약하고 폐쇄적인 인간을 극명하게 묘사한 작품은 만나기 어려울 것이다.

정회성

작가 연보

1909년

– 6월 19일, 아오모리현 기타쓰가루군에서 11남매 중 열 번째로 태어남. 본명은 쓰시마 슈지津島修治임.

1912년

– 아버지 쓰시마 겐에몬津島源右衛門 중의원 의원에 당선됨.

1916년

– 4월, 가나기 다이니치진조 소학교에 입학함.

1922년

– 3월, 소학교 졸업함. 메이지 고등소학교에 1년간 다님.

1923년

– 3월, 아버지 52세로 병사함.
– 4월, 아오모리 현립중학교에 입학함.

1927년

– 4월, 4년 과정의 중학교 졸업 후 히로사키 고등학교에 입학함.
– 9월, 아오모리에 거주하는 게이샤 오야마 하쓰요小山初代를 만남.

1928년

– 5월, 동인지 《세포문예》를 창간하고 쓰시마 슈지라는 이름으로 아버지의 방탕한 생활과 위선을 폭로한 소설 〈무한나락〉을 발표함.

1929년

– 11월, 공산주의의 영향을 받아 지주를 비판하는 내용의 〈지주일대〉를 집필함.
– 12월, 자신의 출신 때문에 괴로워하다 수면제인 칼모틴을 다량 복용하고 자살을 시도함. 4일 뒤 의식을 되찾고 어머니와 함께 오와니 온천 여관에서 요양함.

1930년

– 4월, 히로사키 고등학교 졸업과 동시에 도쿄제국대학 불문과에 입학함.
– 5월, 소설가 이부세 마스지井伏鱒二를 만나 그의 제자가 되기로 함.
– 7월, 아오모리 지방의 동인지 《좌표》에 〈학생군〉을 발표함. 이 무렵 잠시 좌익운동에 참여함.
– 11월, 카페 여종업원 다나베 시메코田部シメ子와 가마쿠라에서 칼모틴을 먹고 동반자살을 꾀했으나 시메코만 사망함. 자살방조 혐의로 구속되었다가 기소유예로 풀려남.

1931년

– 2월, 도쿄로 올라온 오야마 하쓰요와 동거함. 반제국주의 학생동

맹에 가입해 적극적으로 활동함.

1932년

- 봄, 반제국주의 학생동맹 활동으로 자주 이사 다님.
- 7월, 아오모리 경찰서에 자수하고 활동을 그만둠.

1933년

- 2월, 처음으로 '다자이 오사무'라는 필명으로《선데이 도오》에 〈열차〉를 발표함.
- 3월, 동인지《바다표범》에 〈물고기 비늘 옷〉을 발표함.
- 4월,《바다표범》에 〈추억〉을 발표함.

1934년

- 4월, 〈잎〉을 발표함.
- 7월, 〈원숭이 얼굴을 한 젊은이〉를 발표함.
- 12월 〈로마네스크〉를 발표함.

1935년

- 2월, 문학잡지《문예》에 〈역행〉을 발표함.
- 3월, 미야코 신문사 입사 시험에 낙방한 뒤 가마쿠라에서 목매어 자살하려 했으나 미수에 그침.
- 4월, 맹장염으로 입원해 수술했으나 복막염 발생. 그 뒤 진통제 파비날을 습관적으로 복용함.
- 8월, 〈역행〉이 제1회 아쿠타가와상 후보에 올랐으나 차석에 그침.

1936년

- 2월, 파비날 남용으로 사이세카이병원에 입원하지만 완치하지 못한 채 퇴원함.
- 6월, 스나고야쇼보에서 첫 단편집《만년》이 출간됨.
- 7월,〈허구의 봄〉을 발표함.
- 8월, 파비날 중독과 폐병을 치료하기 위해 머문 다니가와 온천 여관에서 제3회 아쿠타가와상에 낙선한 소식을 듣고 충격을 받음.
- 10월, 이부세 마스지의 권유로 무사시노병원에 입원함. 그사이 하쓰요가 간통 사건을 일으킴.

1937년

- 3월, 하쓰요와 미나카미 온천에서 칼모틴을 복용하고 자살을 시도하나 미수에 그침.
- 6월, 하쓰요와 헤어짐.
- 7월,〈20세기 기수〉를 발표함.

1938년

- 9월,〈만원〉을 발표함.
- 10월,〈우바스테〉를 발표함.
- 11월, 이부세 마스지의 주선으로 이시하라 미치코石原美知子와 약혼함.

1939년

- 1월, 이부세 마스지의 집에서 결혼식을 올린 뒤 고후에서 신혼살

림을 시작함.
- 4월, 〈황금풍경〉이 《국민신문》 단편 콩쿠르에 당선됨.
- 7월, 스나고야쇼보에서 《여학생》이 출간됨.
- 9월, 도쿄 미타카로 이사해 생을 마칠 때까지 거주함.
- 10월, 〈축견담〉을 발표함.

1940년

- 2월, 《중앙공론》에 〈유다의 고백〉을 발표함.
- 4월, 다케무라쇼보에서 단편집 《피부와 마음》이 출간됨. 《문예》에 〈젠조를 떠올리다〉를 발표함.
- 5월, 《신조》에 〈달려라 메로스〉를 발표함.
- 6월, 가와테쇼보에서 단편집 《추억》과 《여자의 결투》가 출간됨.
- 11월, 《신조》에 〈여치〉를 발표함.
- 12월, 《여학생》으로 기타무라 토코쿠 상 부상을 수상함.

1941년

- 1월, 《신조》에 〈청빈담〉을 발표함.
- 6월, 첫째 딸 소노코園子 태어남.
- 8월, 어머니를 문병하러 10년 만에 귀향함. 쓰쿠마쇼보에서 단편집 《지요메》가 출간됨.
- 9월, 소설가 지망생 오타 시즈코太田靜子가 친구와 함께 다자이를 처음으로 방문함.
- 11월, 《문학계》에 〈바람의 편지〉를 발표함. 징용 대상이었으나 복부 질환으로 면제됨.

1942년

- 1월,《부인화보》에 〈부끄럼〉을 발표함.
- 4월, 도네쇼보에서 단편집《바람의 편지》가 출간됨.
- 5월, 다케무라쇼보에서 단편집《알트 하이델베르히》가 출간됨.
- 10월,《문예》에 〈겨울의 불꽃놀이〉를 발표했으나 시국에 맞지 않는 내용이라는 이유로 삭제됨.
- 12월, 어머니 사망함.

1943년

- 1월,《신조》에 〈후지백경〉을 발표함.
- 3월,〈우대신 사네토모〉를 발표함.
- 10월,〈종달새 소리〉를 완성하지만 검열을 통과하지 못할 듯해 출판을 연기함. 이듬해 출간을 준비했으나 인쇄소가 공습을 받아 책이 소실됨. 1945년에 발표한〈판도라의 상자〉는 이 작품의 교정본을 바탕으로 집필된 작품임.

1944년

- 5월, 작품 취재를 하기 위해 쓰가루 지방을 여행하고〈쓰가루〉를 집필함.
- 8월, 첫째 아들 마사키正樹 태어남. 하지메쇼보에서 단편집《좋은 날》이 출간됨.
- 11월, 오야마쇼보에서《쓰가루》가 출간됨.

1945년

- 4월,《문예》에 〈죽청〉을 발표함. 공습으로 집이 파손되어 고후의 처가로 피신함.
- 6월, 쓰쿠마쇼보에서《옛날이야기》가 출간됨.
- 7월, 공습으로 처가도 파손되어 쓰가루 생가로 이주함.

1946년

- 1월,《신소설》에 〈정원〉을 발표함.
- 2월,《신조》에 〈거짓말〉을 발표함.
- 6월, 가호쿠신보사에서《판도라의 상자》가 출간됨.
- 9월,《인간》에 〈봄의 고엽〉을 발표함.
- 11월, 신기원사에서《박명》이 출간됨. 가족과 함께 미타카로 돌아옴.

1947년

- 1월,《중앙공론》에 〈메리 크리스마스〉를 발표함.
- 2월, 가나가와현 시모소가의 별장에서 혼자 사는 오타 시즈코를 찾아가 일주일 동안 머무름. 이 무렵부터 〈사양〉을 집필하기 시작함.
- 3월, 미타카역 앞 포장마차에서 야마자키 토미에山崎富榮를 알게 됨. 둘째 딸 사토코里子 태어남.
- 6월, 〈사양〉을 완성함.
- 7월, 중앙공론사에서《메리 크리스마스》가 출간됨.
- 8월, 쓰쿠마쇼보에서 단편집《비용의 아내》가 출간됨.

- 11월, 오타 시즈코와의 사이에서 하루코治子 태어남.
- 12월, 신조사에서《사양》이 출간됨.

1948년

- 3월부터 5월까지《인간 실격》을 집필함. 이 무렵 극심한 피로와 불면증으로 간헐적으로 각혈함.
- 4월, 야쿠모쇼보에서《다자이 오사무 전집》이 출간되기 시작함.
- 6월 13일 밤, 〈굿바이〉 초고와 여러 통의 유서를 남기고 야마자키 토미에와 함께 도쿄 미타카의 다마강 수원지에 투신함.
- 6월 19일, 시신 발견됨.
- 6월 21일, 미타카 젠린지에 매장됨(향년 39세).
- 7월, 실업지일본사에서 단편집《앵두》, 쓰쿠마쇼보에서《인간 실격》이 출간됨.

순수함이 죄가 되는 세상에서는

한 10년쯤 전에 기타 치고 노래하던 친구들과 하동으로 엠티 비슷한 것을 간 적이 있다. 여름이었고, 밤이었다. 그리고 비가 그친 후였다. 누군가가 '비단조개 비비는 소리' 같다고 했던 개구리 우는 소리가 청명하게 울려 퍼지는 가운데, 우리는 젖은 야외 테이블에 앉아 컵라면을 먹고 있었다. 그때 풍뎅이 한 마리가 아직 뜨거운 내 컵라면에 빠졌고, 화들짝 놀란 나는 얼른 나무젓가락으로 풍뎅이를 건져 조심스레 테이블 위에 놓아주었다. 바로 그때 그걸 지켜보던 한 친구가 휴지로 풍뎅이를 눌러 죽이려 했고, 나는 본능적으로 그 행위를 저지했다. 그러고는 휴지로 풍뎅이의 몸을 닦아주었다. 다시 어디론가 날아갈 수 있게. 그러자 그 친구가 묘한 표정을 짓더니 이렇게 말했다.

"유원 씨, 방금 그거 일부러 그런 거죠?"

마치 내가 다른 사람들 보라고 일부러 한바탕 원맨쇼라도 했다는 듯한 표정. 나는 그 표정 앞에서 그만 어안이 벙벙해져 아무런 대꾸도 하지 못했다. 뜨거운 컵라면 국물에 빠진 풍뎅이를 건져 휴지로 눌러 죽이는 대신 닦아주는 게 왜 '일부러' 그러는 일인지 이해할 수 없었고, 내게는 그처럼 당연하고도 자연스러운 일을 위선과 쇼로 여기는 사람이 있을 수 있다는 사실 자체도 납득되질 않았다. 하물며 기타 치고 노래하는, 그것도 내가 좋아하던 사람의 입에서 그런 말이 나올 줄은 더더욱….

다자이 오사무의《인간 실격》을 읽다가, 그리고 주인공 오바 요조가 세상 사람들을 당최 이해하지 못해 고통스레 어릿광대짓에 매진하는 것을 보다가 그때 그 일이 머릿속에 생생히 떠올라버렸다. 겨우 풍뎅이 한 마리를 놓고도 서로가 서로를 이해하는 일이 불가능할 수 있다는 어처구니없음. 그와 동시에 너스레라도 떨며 가볍고 재치 있게 상황을 넘겼어야 했는데 그러지 못했다는 부끄러움. 이런 감정들이 밀려와 또 한 번 나를 신나게 괴롭혀댄다.

물론 나는 다자이 오사무도, 오바 요조도 아니다. 다자이가 연인과 함께 강에 뛰어들어 스스로 목숨을 끊었던 딱 그 나이에 이른 지금까지도, 소속된 곳 없이 여기 잠깐 저기 잠깐 기웃거리며, 현실과는 전혀 무관한 '인도철학' 공부를 하고 무려 '시'까지 쓰고 있긴 하지만, 그러니까 한마디로 세상의 기준에서는 '인간 실격자' 엇비슷한 삶을 살고 있긴 하지만, 그렇다고 요조처럼 어릿광대짓을 해가며 세상과 불화하고 있지도 않다(물론 요조만큼 연기력이 출중했던 적이 한 번도 없었기도 하지만). 그럼에도 요조를 보고 있으면 평소에는 잊고 살던, 세상사에 서툰 나의 일면이 슬며시 떠오르는 것 또한 사실이다.

요조는 꼭 추방자 같다. 그것도 추방된 게 아니라 스스로가 스스로를 추방해버린, 그래서 더더욱 세상 속으로 돌아가는 법을 찾지 못하는 그런 '희극 명사'로서의 추방자. 그는 죽음에 실패해 일단 어쩔 수 없이 세상에 한쪽 발을 붙이고 있긴 하지만, 나머지 한쪽 발은 늘 허공을 디딘 채 무無 속에 붕 떠 있는 한 줌 바람이나 다름없는 존재다.

그래서일까, 《인간 실격》에서 유독 가슴 아프게 기억되는 대목들은 죄다 '집'과 관련된 것들이다. 그리 길지 않은 이 소설에는 참 많은 집이 등장한다. 요조는 불과 스물일곱 살이 되기 전까지 이 집들을 쉼 없이 전전하고, 그렇게 한 집에서 다른 한 집으로 옮겨갈 때마다 한 단계 혹은 몇 단계씩 몰락한다. 고향의 부잣집을 떠나 친척 집으로, 다시 기숙사로 갔다가 도쿄의 아버지 집으로, 낡은 하숙집으로 갔다가 쓰네코의 집으로, 쓰네코와 함께 바다에 뛰어들었다가 혼자만 살아남은 후에는 넙치 씨네 집으로, 다시 잠시 호리키의 집으로 갔다가 시게코의 집으로, 그리고 요시코와의 신혼집에 이어 정신병원, 그리고 바닷가 온천 마을의 시골집, 그러고는 결국 아무도 모르는 주소지로….

아내 요시코의 '순결한 신뢰심'이 배반당한 일을 견디지 못하고 자살을 시도했다가 의식이 돌아온 요조의 입에서 가장 먼저 튀어나온 말, 그건 '집에 돌아갈래'였다. 그런데 그 집이 "어느 집을 가리키는 말이었는지 당사자인 나도 모르겠습니다만, 아무튼 그렇게 중얼거리며 처량하게 울었다고 합니다"라고 하는 데서 이 집은 좀 더 심각한 차원의 집으로 접어든다. 요조의 이 말을 통해, 우리는 그동안 요조가 얼마나 많은 집을 떠돌아다녔는지를 깨닫는 동시에 이제 이 세상에 요조가 돌아갈 진정한 의미에서의 집이란 존재하지 않음을 깨닫게 된다.

집과 관련된 이 감정은 요조가 자살 실패 직후 온천으로 요양 여행을 떠났다가 술만 진탕 마시고 도쿄로 돌아오던, 큰 눈이 내리던 밤에 "여기는 고향에서 몇백 리인가, 여기는 고향에서 몇백 리인가"라는 군가를 나지막이 부르다가 피를 토하는 장면에서 극에 달한다. '집에 돌아갈래'와 "여기는 고향에서 몇백 리인가" 사이에서, 이를 지켜보는 사람의 마음은 이 두 문장의 거리만큼이나 한없이 아득해질 수밖에.

요조가 원한 것은 거창한 행복이 아니었다. 그저 돌아가서 편히 쉴 수 있는 집, 그리고 요시코와 "봄이 되면 단둘이 자전거를 타고 신록이 우거진 숲속 폭포를 보러 가"는 게 그가 바란 전부였다. 하지만 순수함이 죄가 되는 세상에서는 그마저도 불가능한 꿈이 되어버리고 만다. "죽고 싶다. 차라리 죽어야 한다. 이제 돌이킬 수 없다. 무슨 일을 어떻게 하든 망가지기만 할 뿐이다. 부끄러움에 부끄러움만 더할 뿐이다. 자전거를 타고 신록이 우거진 숲속 폭포로 가는 일, 나 같은 놈한테는 어울리지 않는다"라니…. 나는 이 문장 앞에서 잠시 고개를 숙인다.

《인간 실격》이 마음을 아리게 하는 것은, 거기에 한없이 추락하는 한 인간의 모습만이 있는 게 아니라 그토록 평범하고 사소한 낙원의 이미지가 그의 주위에 흐릿하게나마 홀로그램처럼 떠 있기 때문이다. 부끄러운 얘기지만, 이제는 '귀찮다'는 이유로 벌레를 살려주지 않고 그냥 죽여버리기도 하는 일이 예전보다 늘어나버린 지금, 《인간 실격》을 읽으며 내가 꿈꾸던 낙원은 무엇이었는지, 그리고 그 낙원에서 동떨어진 하루하루를 견뎌내기 위해 그때그때 어떤 가면을 써야 했는지를 생각한다.

얼마나 오래 더 붙어 있을 것인가, 그 가면은. 얼굴과 하나가 되어버리기 전에 떨어지긴 할 것인가. 당신은 당신의 얼굴이, 이제는 기억도 나지 않는 오래전에 쓴 가면이 아니라고 자신 있게 외칠 수 있는가. 나는 잠시 망설여진다. 그리하여 인간 같지도 않은 것들과 어쩔 수 없이 상종하느라 어릿광대짓을 하다가 결국 인간 실격자로 전락해버린 요조를 떠올리며 다시 한번 생각해보는 것이다. 내 얼굴의 어디까지가 내 얼굴이고 어디까지가 가면인지를. 마침내 그리고 그리던 '집'으로 돌아가기 전까지, 내일 그리고 또 모레, 또 어떤 표정을 지어야만 하는 것인지를.

황유원(시인, 번역가)

책세상 세계문학 003

인간 실격

人間失格

초판 1쇄 발행 2021년 11월 15일

지은이 다자이 오사무
옮긴이 정회성

펴낸이 김현태
펴낸곳 책세상
등록 1975년 5월 21일 제2017-000226호
주소 서울시 마포구 잔다리로 62-1, 3층(04031)
전화 02-704-1250(영업), 02-3273-1334(편집)
팩스 02-719-1258
이메일 editor@chaeksesang.com
광고 · 제휴 문의 creator@chaeksesang.com
홈페이지 chaeksesang.com
페이스북 /chaeksesang 트위터 @chaeksesang
인스타그램 @chaeksesang 네이버포스트 bkworldpub

ISBN 979-11-5931-797-2 04800
ISBN 979-11-5931-794-1 (세트)